新译 **莎士比亚全集**

KING RICHARD THE THIRD

【英】威廉·莎士比亚——著

傅光明——译

理查三世

天津出版传媒集团

天津人民出版社

图书在版编目(CIP)数据

理查三世 / (英) 威廉·莎士比亚著；傅光明译
. -- 天津：天津人民出版社，2021.5
(新译莎士比亚全集)
ISBN 978-7-201-16989-7

Ⅰ.①理… Ⅱ.①威… ②傅… Ⅲ.①历史剧-剧本
-英国-中世纪 Ⅳ.①I561.33

中国版本图书馆 CIP 数据核字(2020)第 258292 号

理查三世
LICHASANSHI

出　　版	天津人民出版社	
出 版 人	刘　庆	
地　　址	天津市和平区西康路 35 号康岳大厦	
邮政编码	300051	
邮购电话	(022)23332469	
电子信箱	reader@tjrmcbs.com	

责任编辑	范　园		
装帧设计	李佳惠　汤　磊		

印　　刷	河北鹏润印刷有限公司	
经　　销	新华书店	
开　　本	880 毫米×1230 毫米　1/32	
印　　张	9.75	
插　　页	5	
字　　数	190 千字	
版次印次	2021 年 5 月第 1 版　2021 年 5 月第 1 次印刷	
定　　价	78.00 元	

目　录

剧情提要

图克斯伯里一战，约克家族击败兰开斯特家族，爱德华四世重归王位，王国秩序得以恢复。格罗斯特公爵理查深知自己畸形丑陋，天生不是寻欢享乐的料儿，便下决心见证自己是一个恶棍。他阴谋的第一步是在克拉伦斯和国王之间嵌入憎恨。果然，国王听信了克拉伦斯谋朝篡位的谣言，命人将其关入伦敦塔。

国王长久过着一种邪恶的肉欲生活，过度消耗身体，终于病入膏肓。理查早料到会有这一天。为实现当国王的野心，他必须先害死克拉伦斯。

小爱德华亲王的遗孀安妮夫人为公公亨利六世送葬。她伤心欲绝，愿驼背理查遭受比任何有毒会爬的活物更惨的命运。理查拦住送葬队伍，巧舌如簧，向安妮求爱。安妮痛斥理查杀了她的公公和丈夫。理查辩称杀死小爱德华，是出于对她的爱，意在帮她得到一个更好的丈夫。理查抽出剑，交给安妮，示意她此时可以为公公和丈夫复仇。他跪在地上，裸露胸膛。见安妮举剑欲刺，他动情地说，是她的美貌激起他的杀心。安妮丢下剑。最后,她接受了理查的订婚戒指,并对他的悔过表示欣喜。理查十分得意,但他早已打定主意,先占有安妮,然后尽快除掉她。

亨利六世的遗孀玛格丽特老王后来到王宫,她痛斥理查杀了自己的丈夫和儿子,痛斥伊丽莎白及其亲族夺走她的一切欢乐,并向里弗斯、多赛特、海斯汀等人逐一发出诅咒。格罗斯特要她停止诅咒,随即她开始诅咒理查是一只有毒的驼背的癞蛤蟆,骂他是贪婪的、满处乱拱的野猪,是地狱之子。最后,玛格丽特警告白金汉远离理查这个魔鬼,同时警告所有人,一切活在世上之人都是理查憎恨的对象。

领了理查密杀令的两名刺客,前来刺杀克拉伦斯。临死,克拉伦斯才明白是弟弟理查要害死他。

国王死了,公爵夫人和伊丽莎白婆媳俩陷入悲痛,一个为儿子,一个为丈夫。里弗斯建议王后立刻派人把威尔士亲王从拉德洛接来,加冕为王。白金汉提出,为防宫中生变,只能派少量随从前去。等所有人都退去,白金汉向理查保证,要瞅准机会把王后那伙亲族与亲王分开。理查把白金汉称为替自己拿主意的智囊高参、神谕和先知,表示愿像个孩子似的由他引导前行。

公爵夫人期盼尽快见到孙儿威尔士亲王,王后也盼着见到儿子。说话间,信差来报,格罗斯特和白金汉逮捕了前去迎接亲王的里弗斯、格雷和沃恩,把他们全都送往庞弗雷特。王后感到灾难临头。公爵夫人慨叹征服者之间又要开战。王后决定和小儿子约克一起,先去威斯敏斯特教堂圣所避难。

理查、白金汉及伦敦市长等欢迎爱德华亲王来到伦敦。白金汉要红衣主教把小约克从圣所接来与哥哥团聚。红衣主教与海斯汀接来小约克,理查下令让两位王子待在伦敦塔的皇室居所,等候加冕典礼。白金汉要凯茨比去见海斯汀,说服他同意理查当国王。凯茨比认为海斯汀难以说服。理查告诉白金汉,如果海斯汀心怀二心,便砍下他的脑袋。同时,他向白金汉许愿,一旦当上国王,便把赫里福德伯爵领地的所有权及先王哥哥的全部动产都给他。

拉特克利夫率手持长戟的卫士,将王后的亲族里弗斯、格雷、沃恩押往刑场斩首。

贵族们开会商议加冕典礼的日期。海斯汀深感理查对他厚爱有加,先替不在场的理查做主投了票。理查来后,翻脸大怒,下令将海斯汀砍头。海斯汀慨叹当初玛格丽特对他的诅咒落在头上。

理查指着海斯汀的人头告诉伦敦市长,海斯汀密谋加害自己。市长认为海斯汀理应受死。市长刚一离开,理查让白金汉尽速跟市长赶往市政厅,到那儿选好时机,向市民们挑明爱德华的几个孩子全是私生子,及其如何荒淫。

白金汉告诉理查,他在市政厅向公众历数爱德华四世的斑斑劣迹,提到不仅他的孩子都是私生子,连他本人也不是老约克公爵亲生,然后提到理查打仗时的韬略智慧,并极力赞美他,最后提议凡钟爱国家利益之人高呼上帝保佑英格兰国王理查。但市民们反应冷淡,一个个活像哑巴塑像。两人商量对策,白金汉建议理查要假装虔诚,除非有人迫切恳求,不要跟人交谈。而且,一定要手里拿本祈祷书,站在两位主教牧师中间。

市长、市议员和市民们赶到城堡。白金汉说理查正在虔诚祷告,谁也说服不了他接受恳求,成为英格兰君王。先由市长恳求,再由白金汉费尽唇舌恳求。最后,手拿祈祷书、站在两位主教中间的理查接受了所有人的合法请求,表示一定耐心承受王国这副重担。白金汉带头高喊英格兰当之无愧的理查王万岁。

公爵夫人、王后和安妮夫人要见爱德华亲王和小约克两位王子,遭卫队长拒绝,说国王下令严禁探望。伊丽莎白问是哪位国王,卫队长改口说是护国公大人(理查)。斯坦利来请安妮,要她必须立刻去威斯敏斯特,在那儿加冕为理查尊贵的王后。伊丽莎白听到这个消息险些晕倒,她立刻要自己与前夫所生之子多赛特赶快逃离。即将加冕王后的安妮丝毫不快乐,她担心理查会因她父亲沃里克而恨她,并很快除掉她。

理查加冕之后,为绝后患,授意白金汉除掉“塔中王子”。见白金汉犹豫不决,理查立刻命人找来泰瑞尔爵士,命他去杀掉两个亲侄儿。接着,又命凯茨比四处散布谣言,说王后病重,很快会死。为巩固王权,理查决定与先王哥哥的女儿伊丽莎白结婚。此外,他要把克拉伦斯的女儿嫁给一个卑微之人。克拉伦斯的儿子,则早已被他监禁。白金汉向理查讨要赫里福德的伯爵领地及先王的全部动产,理查置之不理。白金汉担心被杀,跑回威尔士,起兵造反。泰瑞尔雇两名凶手去伦敦塔,闷死了两位“塔中王子”。

公爵夫人和儿媳伊丽莎白哀悼两位王子,与玛格丽特老王后不期而遇。三个女人同病相怜,各倒苦水,互吐衷肠。公爵夫人恨不得把理查,自己的亲生儿子闷死。她拦住行进中的理查,痛悔自己受诅咒的胎宫竟生下他这个坏蛋。伊丽莎白痛骂理查杀了自己的两个儿子和兄弟。理查却要伊丽莎白把女儿嫁给他。伊丽莎白不肯。理查动之以情,晓之以利害,说这桩婚姻将给她带来尊荣,将使她成为一位国王的母亲,而且,美丽英格兰的和平仰仗这一联姻。伊丽莎白最终同意劝女儿嫁给理查。

里士满率一支强大的舰队到了西部海上,等待白金汉来接应。理查命斯坦利前去迎敌。为防止斯坦利投奔继子里士满,理查命人把斯坦利之子扣作人质。不久,天降暴雨、突发山洪,白金汉的军队被冲散。很快,白金汉被捉。但里士满的军队已在米尔福德登陆。

白金汉想见理查一面,遭拒。被斩首之前,他想起玛格丽特对他的诅咒,悔之晚矣。

里士满率军向博斯沃思原野行进。理查的军队在博斯沃思原野搭起营帐。斯坦利来到里士满的营帐,愿命运和胜利女神保佑他。决战前夜,里士满安然入眠。理查却在睡梦中惊醒,因为小爱德华、亨利王、克拉伦斯、里弗斯、格雷、沃恩、海斯汀、爱德华亲王和小约克、安妮夫人、白金汉,所有遭他谋杀之人的灵魂都来到他的营帐,每个灵魂都威胁明天将把复仇落在他头上。同时,“幽灵们”祝愿里士满将迎来成功与幸运的胜利。

决战在即,斯坦利拒绝率军为理查助战。两军激战,理查的马被杀。他徒步奋战,在“一匹马!一匹马!用的我王国换一匹马!”的呐喊中阵亡。

里士满大获全胜。他戴上斯坦利从理查头上摘下的王冠,宣布将白玫瑰和红玫瑰——约克和兰开斯特两大王族结在一起,让他们的子孙以欢心愉快的和平、以面露微笑的富足、以美好繁荣的日子,充实未来。

剧中人物

国王爱德华四世   King Edward the Fourth

爱德华 国王之子，威尔士亲王，后来的爱德华五世   Edward Son to the King, Prince of Wales, afterwards King Edward the Fifth

理查 约克公爵，国王次子   Richard Duke of York, younger son to the King

乔治 克拉伦斯公爵，国王之弟   George Duke of Clarence, brother to the King

理查 格罗斯特公爵，国王之弟，后来的理查三世   Richard Duke of Gloucester, brother to the King, afterwards King Richard the Third

爱德华·普列塔热内 克拉伦斯之幼子，沃里克伯爵   Edward Plantagenet A young son of Clarence

亨利 里士满伯爵，后来的亨利七世   Henry Earl of Richmond, afterwards King Henry the Seventh

鲍彻红衣主教 坎特伯雷大主教   Cardinal Bourchier Archbishop of Canterbury

托马斯·罗瑟勒姆 约克大主教　　　Thomas Rotherham Archbishop of York

约翰·莫顿 伊利主教　　　John Morton Bishop of Ely

白金汉公爵　　　Duke of Buckingham

诺福克公爵　　　Duke of Norfolk

萨里伯爵 诺福克之子　　　Earl of Surrey His son

里弗斯伯爵 伊丽莎白王后之弟　　　Earl of Rivers Brother to Elizabeth

多赛特侯爵 王后前夫之子　　　Marquess of Dorset Son to Elizabeth

格雷勋爵 王后前夫之子　　　Lord Grey Son to Elizabeth

斯坦利勋爵 又称德比伯爵　　　Lord Stanley Called also Earl of Derby

牛津伯爵　　　Earl of Oxford

海斯汀勋爵 宫务大臣　　　Lord Hastings The Lord Chamberlain

洛弗尔勋爵　　　Lord Lovel

托马斯·沃恩爵士　　　Sir Thomas Vaughan

理查·拉特克利夫爵士　　　Sir Richard Ratcliff

威廉·凯茨比爵士　　　Sir William Catesby

詹姆斯·泰瑞尔爵士　　　Sir James Tyrrell

詹姆斯·布伦特爵士　　　Sir James Blount

沃尔特·赫伯特爵士　　　Sir Walter Herbert

罗伯特·布雷肯伯里爵士 伦敦塔卫队长　　　Sir Robert Brakenbury Lieutenant of the Tower

威廉·布兰登爵士　　　Sir William Brandon

克里斯托弗·厄斯威克 一教士　　　Christopher Urswick A priest

另一教士	Another Priest
伦敦市长	Lord Mayor of London
威尔特郡治安官	Sheriff of Wiltshire
特雷赛尔 安妮夫人之侍从	Tressel Attending on Lady Anne
伯克利 安妮夫人之侍从	Berkeley Attending on Lady Anne
伊丽莎白 爱德华四世之王后	Elizabeth Queen to King Edward IV
玛格丽特 亨利六世之遗孀	Margaret Widow of King Henry VI
约克公爵夫人 爱德华四世、克拉伦斯、格罗斯特之母	Duchess of York Mother to Gloucester, Clarence Edward IV
安妮夫人 亨利六世之子威尔士亲王爱德华之遗孀；后成为格罗斯特公爵夫人	Lady Anne Widow of Edward Prince of Wales later Duchess of Gloucester
玛格丽特·普列塔热内 克拉伦斯之幼女	Margaret Plantagenet A young daughter of Clarence
亨利六世的幽灵	Ghost of King Henry VI
亨利六世之子爱德华之幽灵	Ghost of Edward His son
众贵族，众绅士，众士兵，众市民，众侍从，长戟兵数人，信差数人，二主教，二刺客，一侍童等。	Lords, Gentlemen, Soldiers, Citizens, Attendants, Halberdiers, Messengers, Two Bishops, Two murderers, a Page, etc

地点

伦敦，英国各地

理查三世

本书插图选自《莎士比亚戏剧集》(由查尔斯与玛丽·考登·克拉克编辑、注释,以喜剧、悲剧和历史剧三卷本形式,于 1868 年出版),插图画家为亨利·考特尼·塞卢斯,擅长描画历史服装、布景、武器和装饰,赋予莎剧一种强烈的即时性和在场感。

第一幕

第一场

伦敦,伦敦塔附近一街道

[格罗斯特公爵(理查)独自上。]

格罗斯特　　现在,令我们不满的冬天已被这约克的太阳①
　　　　　　变成荣耀的夏日;怒视我们家族的一切阴
　　　　　　云都葬身于深深的海底。现在,我们的额头
　　　　　　戴上胜利的花环;我们撞瘪的盔甲变成高悬
　　　　　　的纪念碑;我们严厉的战斗警号变成欢乐的
　　　　　　集结号;我们可怕的行军变成愉快的舞蹈。

---

　　① "太阳"(sun)与"儿子"(son)谐音双关。"这约克的太阳"(this sun of York)即指
"约克之子"爱德华四世。太阳是约克家族的族徽。

面容冷酷的战争展开前额的皱纹,现在,——
披了护甲的战马不再吓唬惊恐的敌人的灵
魂,——他在一位夫人的寝室里,伴着一把琉
特琴淫荡诱人的乐音灵巧地雀跃。^①可是我,
天生不是寻欢作乐的料儿^②,也无法盯着一
面镜子自怜自爱。我,样貌粗糙,缺少情爱的
威仪,无法在一位轻佻漫步、回眸弄姿的仙
女面前炫耀。我,被剪短了这俊美的比例,
受了骗人的造物主修长身材的欺骗,畸形,
半成品,离完全成形几乎还剩一半,尚不足
月,便被送入这个有活气儿的世界,如此一
瘸一拐,相貌古怪,连狗都立到我身旁冲我
狂吠。——唉!我,在这柔声吹奏牧笛^③的和
平时代,除了在阳光下看自己的身影,絮叨
自己残疾的身形,找不到一丝打发时间的乐
趣。因此,既然我无法见证一个情人,快乐度
过这些和美的日子,那我决意见证一个恶
棍,憎恨这些闲散的快活时光。我已设下阴

① 此句或具性意味,暗指他(爱德华四世)正在一把琉特琴的伴奏下,与一位夫人在卧房里男欢女爱。"寝室"(chamber)即私密房间,在此暗示女性私处。
② 莎士比亚的"驼背理查"源自托马斯·莫尔《理查三世的历史》。在莫尔笔下,理查身材矮小,状貌丑陋,四肢畸形,驼背,身形歪斜,左肩高,右肩低。
③ 指以吹奏牧笛代替了行军打仗的军乐、战鼓。

谋,危险的第一步,凭借醉鬼的预言、诽谤和幻梦,在我哥哥克拉伦斯和国王之间,相互嵌入刻骨的憎恨。如果爱德华国王之诚实、公正,犹如我之狡猾、虚伪、奸诈,那今天,克拉伦斯就要因"凶犯必为爱德华之继承人'G'①"这句预言,被秘密关进牢笼。让这些念头潜入我的灵魂。克拉伦斯来了。——(克拉伦斯由卫兵押解与布雷肯伯里上。)哥哥,日安。武装卫兵服从你左右,这是何意?

克拉伦斯 陛下看重我个人安危,指派卫队护送我去伦敦塔。

格罗斯特 到底为什么?

克拉伦斯 因为我叫乔治。

格罗斯特 哎呀!阁下,这丝毫不是你的错。——他该,为这个,把给你起名字的教父关起来。啊,也许陛下有意叫你在伦敦塔里重新受洗。②究竟怎么回事,克拉伦斯,可以跟我说吗?

克拉伦斯 可以,等我知道的时候,但我声明,现在还不清楚。不过,据我了解,他听到一些预言和幻

---

① 克拉伦斯公爵名乔治(George),开头第一个字母是"G"。理查乃格罗斯特(Gloucester)公爵,其爵位的第一个字母也是"G",他暗指自己才是那个谋杀的凶犯。

② 重新受洗(new-christened):理查冷酷地期待克拉伦斯死于溺水。

梦,从字母表里摘出一个 G,说有个巫师告诉他,那个"G"要夺走他子女的继承权。因我的名字乔治以 G 开头,他顺着这个在脑子里一想,我就是那个人。我听说,是这些和诸如此类的怪念头,叫陛下现在把我送到狱中。

格罗斯特　唉,男人一旦被女人操控,是这样的。——把你送进伦敦塔的不是国王,是他老婆格雷夫人①,克拉伦斯,是她撺掇他走向这严酷的极端。不也是她,和她那位名声不赖的兄弟安东尼·伍德维尔②,叫他把海斯汀勋爵送入伦敦塔,直到最近几天才从那儿释放吗? 我们不安全,克拉伦斯,我们不安全。

克拉伦斯　以上天起誓,我想除了王后的亲族,还有夜间在国王和绍尔夫人③间跑来跑去的信差,没一个人安全。你没听说,为能获释,海斯汀勋爵在她面前变身为怎样一个谦恭的请

---

　　① 格雷夫人(Lady Grey):即伊丽莎白·伍德维尔(Elizabeth Woodville),丈夫约翰·格雷爵士(Sir John Grey),《亨利六世(中)》称作理查·格雷,支持兰开斯特家族,于1461 年在第二次圣奥尔本斯之战中阵亡。1464 年 5 月 1 日,与比自己年轻五岁的爱德华四世秘密结婚。理查在此称其格雷夫人,不称王后,是故意表示轻蔑。

　　② 即里弗斯伯爵。

　　③ 绍尔夫人(Mistress Shore):即简·绍尔(Jane Shore),伦敦一金匠的妻子,爱德华四世的情人。后成为海斯汀勋爵的情妇。"夫人"(Mistress),对已婚女性的通称,在此或有"情人"或"女主人"之意。

愿者?

格罗斯特	低声下气哀求女神①,宫廷大臣②方得自由。我告诉你:我想,若要国王继续宠信,当她仆人,穿她仆人的制服③,我们才有活路。那个爱忌妒的破烂寡妇④和她本人,自从咱们哥哥封了她们贵妇头衔,她俩就成了咱君主国里威力巨大的饶舌妇⑤。
布雷肯伯里	我恳请二位大人原谅,陛下严令,甭管什么身份等级,任何人不得与您哥哥私下交谈。
格罗斯特	即便这样,只要你愿意,布雷肯伯里,可以参与我们说的任何事。我们不谈叛国之事,老兄。——我们在说国王聪慧、贤德,他高贵的王后上了岁数,有吸引力,不嫉妒。——我们在说肖尔的老婆有一双美足,两片樱桃唇,双目含情,一条讨人喜欢无人能及的舌头,还说王后的亲族出身都变高贵了。你怎么说,先生?这一切你能否认吗?

① 格罗斯特对绍尔夫人的嘲弄称谓。

② 即海斯汀勋爵。

③ 此句含性意味,暗指发生性关系。

④ 破烂寡妇(o'erworn):即伊丽莎白王后。因其嫁给爱德华四世时,是理查·格雷爵士的遗孀,故此,格罗斯特蔑称她像旧衣服一样破烂,且性事过度。

⑤ 饶舌妇(gossips):兼有教母(godparents)之意。

布雷肯伯里	这个,大人,跟我毫不相干。
格罗斯特	绍尔夫人跟你不相干? 我告诉你,伙计,谁想干①她,最好偷偷去干,单独去,除了一个人。
布雷肯伯里	除了谁,大人?
格罗斯特	她丈夫,无赖。——你会出卖我吗?②
布雷肯伯里	在此恳求大人原谅,还得求您忍住,别跟这位高贵的公爵交谈。
克拉伦斯	我们知道你职责所在,布雷肯伯里,遵从便是。
格罗斯特	我们是不招王后待见的可怜人, 必须遵从。——再见,哥哥。我要去国王那儿。甭管你让我做什么, 只要能释放你,——哪怕管爱德华国王的寡妇叫声嫂子,——我照叫不误。同时,兄弟间这深深的耻辱对我触动之深,远非你能想象。(拥抱克拉伦斯。)
克拉伦斯	我知道这件事叫你我都不好受。
格罗斯特	那好,你坐牢的时间不会长。我会放你出来,否则替你坐牢③。同时,要忍耐。

---

① 干(do naught):发生性事。
② 此处,格罗斯特言下之意是:你小子想让我说出那人是国王,好出卖我。
③ 替你坐牢(lie for you):此处具双关意,指"对你撒谎"(lie about you),意即鬼才会替你坐牢。

克拉伦斯	势必要忍耐。再见。(布雷肯伯里及卫士引克拉伦斯下。)
格罗斯特	去,踏上你永无回归之路,单纯、坦诚的克拉伦斯!——我如此爱你,倘若上天愿从我们手中接受这礼物,我将很快把你的灵魂送入天国。——谁来了?刚获释的海斯汀?

(海斯汀上。)

海斯汀	向仁慈的大人问安。
格罗斯特	还礼,向高贵的宫廷大臣问安。欢迎您呼吸这户外的空气。狱中的日子阁下您怎么忍过来的?
海斯汀	凭忍耐,尊贵的大人,囚徒非忍耐不可。但我得活下来,大人,好向那些送我坐牢的讨还人情①。
格罗斯特	没说的,没说的。克拉伦斯也会这样做,因为您那些敌人就是他的敌人,他们怎么占了您的上风,也照样占了他的上风。
海斯汀	更可惜的是,把雄鹰关进笼子,鸢鹰和秃鹰②趁机随意猎食。
格罗斯特	外面有什么消息?

---

① 意即我要找那些送我坐牢的人报仇。
② 鸢鹰(kites)和秃鹰(buzzards)都是鹰的一种,不如雄鹰凶猛。

| 海斯汀 | 外面的消息不像宫里这个消息那么糟:——国王病了,身子虚弱,心绪忧郁,医生们非常担心。 |

格罗斯特　现在,我以圣约翰①起誓,这消息真糟糕。啊!他长久过一种邪恶的肉欲生活,过度耗掉他国王的身体。想起来实在令人心痛。他在哪儿,在他床上?

海斯汀　在床上。

格罗斯特　你先去,我随后来。(海斯汀下。)我希望,他活不成。但在把乔治用驿马飞速送入天国之前,可千万别死。我要到宫里,用重大的论据连带强固的谎言,怂恿他更加痛恨克拉伦斯。而且,只要我狡诈的意图不失手,克拉伦斯便没一天活头。干完这事,愿上帝把他的仁慈带给爱德华,留下世界让我自己忙乎。那时,我要把沃里克的小女儿②娶到手。我杀了她丈夫、她公公③,那又如何?那变成她丈夫、

---

① 此处按"第一对开本"。"牛津版"此处为"圣彼得"(Saint Paul)。

② 即安妮·内维尔夫人(Lady Anne Neville):莎士比亚误以为安妮是亨利六世之子小爱德华的遗孀,实则订婚未娶,只是未婚妻。在《亨利六世(下)》,沃里克伯爵因爱德华四世背弃与法兰西波娜女士的婚约,反戈一击,与约克家族作战,受伤阵亡。

③ 在《亨利六世(下)》,理查先与大哥爱德华、二哥乔治一起,一人一剑刺死了小爱德华(此处的"她丈夫"),又在伦敦塔里杀了亨利六世(此处的"她公公")。

她公公,则是补偿这少妇最现成的办法。我
要这么做,不全都为了爱,我还有一个深藏
不露的意图,非得靠娶她才能实现。我把话
说早了,活像赶集的,人比马先到。

　　克拉伦斯仍有呼吸,爱德华仍在世临朝。

　　等他们俩都死干净,此后我一定算收益。

　　(下。)

第二场

伦敦,伦敦塔附近另一街道

(手持长戟的卫士护送亨利六世遗体上。安妮夫人送葬,随上①。)

安妮　　　放下，放下你们荣耀的负担，——倘若荣耀
能藏进一具棺椁②，——让我向过早倒下的
贤德的兰开斯特③，花片刻时间俯首哀悼。
(他们放下棺材。)一个神圣君王可怜的金属钥
匙般冰冷的躯体！兰开斯特家族苍白的死
尸！你这王室血脉毫无血色的残余！但愿合
法④吧，我要召唤你的幽灵，倾听可怜的安
妮,你被杀的儿子、爱德华之妻的哀歌;同一

---

①历史上,为亨利六世送葬之时,安妮正与亨利六世的遗孀玛格丽特在一起。克拉伦斯把她俩藏匿起来,安妮化装成一个厨娘,后终被查发现,并于1472年与理查成婚。出于舞台需要,莎士比亚在此杜撰戏说。

②一口敞开的棺材。

③即兰开斯特王朝前国王亨利六世。

④在莎士比亚时代,法律禁止召唤幽灵从事巫术。

只手造成这些伤口,刺穿了你的儿子！看,在这些排放你生命的漏洞①,把我可怜双眼里无助的香脂油②注入。——啊！愿捅这些窟窿的那只手受诅咒！愿狠心干它的那颗心受诅咒！愿让这血从这里流走的那人的血受诅咒！那可恨的家伙以你的死害惨我们,愿更可怕的命运降临他,我希望他遭受比蝰蛇③、蜘蛛、癞蛤蟆,或任何有毒会爬的活物更惨的命运！倘若他能有孩子,让他成为怪胎,反常,不足月就出生,畸形丑态的模样,叫满怀希望的母亲见了大惊失色,而且还继承了他的坏运气。倘若他讨了老婆,让她所受丧夫之痛,比我因丧失年轻丈夫和你所受之苦更惨！——来,现在抬起你们神圣的负担去切特西④,从圣保罗⑤出发,在那儿下葬。(他们抬起棺材。)什么时候你们因这重量感到疲乏,就休息一下,我趁便向亨利王的遗体致哀。

(格罗斯特上。)

格罗斯特　　站住,你们抬棺材的,放下。

---

① 指亨利六世被理查刺杀时身上的伤口。
② 香脂油(balm):即疗伤的膏油,此处代指泪水。
③ 蝰蛇(adders):此处"第一对开本"做"狼"(wolves)。
④ 切特西(Chertsey):伦敦萨里郡一处著名修道院,位于泰晤士河边。
⑤ 即伦敦圣保罗大教堂。

安妮	何方魔法师唤出这魔鬼，阻拦神圣的仁慈之举①？
格罗斯特	恶棍，放下尸体，否则，以圣保罗起誓，我要把违令者变成一具尸体。
卫士甲	大人，退后，让棺材过去。
格罗斯特	没规矩的狗！我一下令，你就得停下。把长戟抬高点儿，别对着我胸口，否则，以圣保罗起誓，我要把你打倒在脚下，而且，叫花子，因你胆大妄为，得踢你一脚。(他们放下棺材。)
安妮	怎么，你们发抖了？全都怕了？哎呀，我不怪你们，因为你们是凡人，凡人的双眼受不了魔鬼。——滚，你这可怕的地狱里的杂役②！你顶多能控制他凡人的躯体，却无法操纵他的灵魂③。因此，滚开。
格罗斯特	甜美的圣徒，为了仁爱，脾气别这么坏。
安妮	丑陋的魔鬼，为了上帝的缘由，滚开，别打扰我们。因为你已把这快乐尘世变成你的地

①仁慈之举(charitable deeds)：指送葬之事。

②参见《新约·马太福音》4:1—11：耶稣传道前，魔鬼撒旦在旷野诱惑耶稣四十天，最后"魔鬼带耶稣上了一座很高的山，把世上万国和它们的荣华都给他看。魔鬼说：'如果你跪下来拜我，我就把这一切都给你。'耶稣回答：'撒旦，走开！圣经上说要拜主——你的上帝，只可敬奉他。'于是魔鬼离开了耶稣，天使便来伺候他。"在安妮心里，格罗斯特形同魔鬼撒旦。

③参见《新约·马太福音》10:28："那只能杀害肉体、却不能杀灭灵魂的不用害怕；要惧怕的是上帝，只有他能把人的肉体和灵魂都投进地狱。"

卫士甲　　大人,退后,让棺材过去。

格罗斯特　没规矩的狗! 我一下令,你就得停下。

狱，充满诅咒的叫喊和深重的哀号。倘若
你高兴见到你可憎的恶行，那就瞧瞧这件
你屠杀的杰作。——(揭开棺盖。)啊！先生们，
看，看死去的亨利的伤口，张开凝结的嘴巴
重新流血。——羞愧吧，羞愧吧，你这丑陋
畸形的肿块，他空冷的血管已无血可存，你
一露面又从里面重新吐血①。你的行为，没人
性，害天理，才激起这最反常的泛滥。——
上帝啊！这血是你造的，为他的死复仇！大
地呀！你喝了这血，为他的死复仇！②要么
让上天用闪电打死凶手，要么让大地敞开
缺口立刻吃掉他③，就像你吞下这位高贵君
王的血，这血被凶手那只地狱支配的手臂屠
杀了！

格罗斯特　　夫人，你不懂仁慈的法则，它要以善报恶，以

①据霍林斯赫德《编年史》载，存于圣保罗大教堂的亨利六世的遗体"在众人面
前流了血"。当时，人们迷信遇害者的尸体会在凶手面前流血。

②参见《旧约·创世记》4:11：亚当和夏娃被逐出伊甸园之后，生下该隐和亚伯。
因嫉妒上帝偏爱亚伯，该隐杀了亚伯。该隐在田野杀弟之后，上帝责问该隐："你做了
什么事？你弟弟的血从地下发声，向我哭诉。你杀他的时候，大地张开了口吞了他的
血。现在你受诅咒。"

③参见《旧约·民数记》第十六章载，摩西率以色列人回迦南途中，可拉、大坍和
亚比兰叛变，聚集人们暴动。摩西警告叛乱者必遭上帝惩罚："如果上主做一件从没
听过的事，地裂开，吞下这些人及其所有东西，使他们活活掉进阴间。"摩西刚说完，
大坍和亚比兰脚下的地就裂开，把他们和他们的家人全都吞了下去。

祝福替代诅咒①。

安妮	恶棍,上帝与人类的律法你全不懂,没有哪只如此凶猛的野兽不懂点儿悲悯。
格罗斯特	我一点儿不懂,所以不是野兽。
安妮	啊,妙哉,魔鬼居然说了实话!
格罗斯特	更妙的是,天使竟然如此恼怒。请俯允,神圣完美的女人,容我对这些假定之罪详加解释,也好自证无罪。
安妮	请俯允,散播瘟疫的畸形男人,容我对这些人所共知的罪恶详加解释,好诅咒你这该受诅咒的东西。
格罗斯特	非巧舌能描绘的美人儿,让我有点儿安静的时间自我申辩。
安妮	非人心能想象的丑人儿,你拿不出半点儿真正的理由,干脆吊死自己。
格罗斯特	凭如此之绝望,那我该自我指控。
安妮	你要凭绝望来申辩,因为你卑劣地屠杀他人,理应以自杀惩罚自己。
格罗斯特	倘若我不曾杀过他们?
安妮	那他们就不会被杀,可他们死了,被你,这个

① 参见《新约·罗马书》12:14:"要祝福迫害你的人;是的,要祝福,不要诅咒。"《新约·彼得前书》3:9:"不要以恶报恶,以辱骂还辱骂;相反,要以祝福回报。"

魔鬼般的恶棍杀了。

格罗斯特	我没杀你丈夫。
安妮	噢,那他活在世上。
格罗斯特	不,他死了,是爱德华亲手杀的。
安妮	你邪恶的喉咙在撒谎:玛格丽特王后看见你杀人的弯刀沾了他冒气儿的热血,你还马上拿刀指向她胸口,多亏你两个哥哥拨开了刀尖儿。
格罗斯特	我是被她诽谤的舌头所激,她把他们的罪恶都放在我无辜的双肩。
安妮	你是被你血腥的头脑所激,除了屠杀,你脑子里从不想别的。莫非这位国王不是你杀的?
格罗斯特	我向你承认。
安妮	向我承认,刺猬①?那上帝也应允许我,愿你因那件恶行下地狱!啊!他那么宽和、温厚、贤德!
格罗斯特	天国之王有他相伴再好不过。
安妮	他在天堂,你永远去不了那儿。
格罗斯特	我帮他去的那儿,让他感谢我,因为那地方对他比人间更合适。

---

① 刺猬(hedgehog):被视为不祥之物。安妮把驼背理查比喻为刺猬。

安妮	除了地狱,任何地方都不适合你。
格罗斯特	没错,但另有一处,您愿听我说吗?
安妮	某处地牢。
格罗斯特	你的卧房[①]。
安妮	愿邪恶的安息降临你睡下的卧房!
格罗斯特	会这样的,夫人,直到和您睡在一起。
安妮	我希望如此。[②]
格罗斯特	我知道会这样。可是,温柔的安妮夫人,——停止咱们脑子里这一尖锐的交锋[③],把某事落在更为严肃的思路上:——叫亨利和爱德华,这两位普朗塔热内,过早死去的主使人,不是与杀他们的刽子手一样有罪?
安妮	你是主使人,是最该诅咒的凶犯。
格罗斯特	您的美貌正是那个结果的诱因。您的美貌,在睡梦里萦绕我,叫我弄死全世界的人,这样我才能在您甜美的胸怀过上一小时。
安妮	我如果想到这个,告诉你,杀人犯,这些指甲该把我双颊上的美貌撕碎。
格罗斯特	这双眼绝不容忍那美貌损毁。只要我在身

---

①此处含性意味,暗指"你的私处"。

②我希望如此(I hope so.):对此有两种截然不同想法的解释:1.安妮此句以反讽口吻说出,意即"我永远不会跟你睡在一起"。2.安妮果真希望如此。

③此句含性意味,暗指停止咱们性事上的交锋。

旁，您不该伤害它。正如全世界受太阳振
奋，我受了您美貌鼓舞：它是我的白昼，我
的生命。

安妮　　　　愿黑夜遮住你的白昼，死神要你的命！

格罗斯特　　不要诅咒自己，美丽的人儿：你就是我的白
昼，我的生命。

安妮　　　　但愿我是，以便向你复仇。

格罗斯特　　向爱你之人复仇，这可是最反常的一次争吵。

安妮　　　　向杀死我丈夫之人复仇，这可是最公正、合
理的一次争吵。

格罗斯特　　叫你丧夫的那个人，夫人，是为了帮你得到
一个更好的丈夫。

安妮　　　　这世上带活气儿的没人比他更好。

格罗斯特　　有这么一个人比他更爱你。

安妮　　　　姓什么？

格罗斯特　　普朗塔热内①。

安妮　　　　哎呀，就是他。

格罗斯特　　同一个姓，但他天性更好。

安妮　　　　他在哪儿？

格罗斯特　　这儿。（安妮啐理查。）你因何啐我？

安妮　　　　为了你的缘故，愿它是要命的毒药！

---

① 此名源自理查的父亲老约克公爵理查·普朗塔热内。

格罗斯特	如此甜美之地，何来毒药。
安妮	更丑的癞蛤蟆从不曾身挂毒药。滚出我的视线！你叫我的双眼染病。
格罗斯特	你的双眼，甜美的夫人，传染了我的双眼。
安妮	愿它们是蛇怪①的眼睛，一下劈死你！
格罗斯特	我愿它们是，我好立刻死掉②。因为它们现在杀了我，我成了一个活死人。你那双眼从我眼里吸出咸泪，用贮存的幼稚的泪滴使它们的容颜蒙羞③。我这一双眼，从未流过悔恨的泪。——不，当黑脸的④克利福德向拉特兰挥剑⑤，拉特兰发出凄惨呻吟，我父亲约克和爱德华听了落泪，我没哭。当你好战的父亲，像个孩子，讲起我父亲之死的悲伤故事，二十次停下来呜咽哭泣，在场之人全都哭湿了面颊，像溅落雨水的树木一样，我没哭。在那悲伤之时，我男子汉的双眼蔑视低贱的眼泪。这些伤心事吸不出我的泪水，你的美貌却做到了，使它们泪眼迷离。对敌、对友，我

---

① 蛇怪(basilisks)：传说中一种能以目光杀人的蜥蜴状蛇妖。

② 死掉(die)：此句含性意味，暗指"我好立刻性高潮"。

③ 意即我的双眼为你流泪，哭得很惨。

④ 黑脸的(black-faced)：意即邪恶的。

⑤ 在《亨利六世(下)》，小克利福德为向理查的父亲老约克公爵报杀父之仇，杀了理查的小弟拉特兰。

从不相求。我的舌头向来学不会甜蜜的奉
承话，可眼下，你的美貌提出了我的报偿，
我骄傲的心在乞求，在促使舌头开口。（她以
鄙夷的目光看他。）别把这样的鄙夷教给你的嘴
唇，因为造它是为了亲吻，夫人，不是为了
轻蔑。倘若你的复仇之心无法宽恕，看！我
把这把锋刃的利剑借给你，（交给她剑。）你若
愿意，插入这忠实的心窝。（跪地。）让崇拜你
的灵魂前进，我裸露胸膛迎上致命一击，谦
恭下跪，只求一死。（他露出胸口，她举剑欲刺。）
不，别停下，因为我杀了亨利王，——只不
过，是你的美貌激我起了杀心。不，赶快，是
我刺死了年轻的爱德华。（她又举剑欲刺。）——
只不过，是你圣洁的面孔唆使我下手①。（她
扔丢下剑。）——再拿起剑，否则，接受我。

安妮　　　　起来，骗子。虽说我愿你死，却不愿亲手
杀你。

格罗斯特　　那吩咐我自杀，我愿照做。（捡起剑。）

安妮　　　　吩咐过了。

格罗斯特　　那是一怒之下说的。再说一遍，话一出口，这

---

①此句和上句"是你的美貌激我起了杀心"均含性意味，暗指是你唤起了我的
性欲望。

只手，为了爱你而杀了你所爱的这只手,定
会为了爱你而杀一个更真心爱你之人。那你
就成了害死他们俩的帮凶。

安妮　　　　我想知道你的真心。

格罗斯特　　我的舌头表白过了。

安妮　　　　我怕两者都是假的。

格罗斯特　　那再无真心之人。

安妮　　　　好了,好了,收起剑。

格罗斯特　　那告诉我,我已达成和平。

安妮　　　　今后你自会知晓。

格罗斯特　　但我能活在希望里吗?

安妮　　　　所有人,我希望,都能这样活。

格罗斯特　　请你戴着这枚戒指。(给安妮戴戒指。)

安妮　　　　只接受,没回赠①。

格罗斯特　　看,我的戒指套在你手指上多合适,恰如我
可怜的心围住你心房。把它们两个②都戴上,
因为这两个都属于你。倘若可怜的忠心仆人
从你仁慈之手乞求到一份恩赏,你便能稳固
他永久的幸福。

安妮　　　　是什么?

---

① 按习俗男女订婚应互赠戒指,安妮意即她此时没有回赠的戒指。
② 它们两个(both of them):指理查的戒指和理查的心。

格罗斯特	请你把这些伤心事①交给那个最有理由的送葬者②，你立刻去克劳斯比府邸③。——等我在切特西修道院把这位高贵的国王庄严埋葬，并用忏悔的泪水打湿他的坟墓，——我便忠顺地火速赶来看你。因各种不便明说的理由，请你满足我这个要求。
安妮	我满心答应。何况，见你如此悔过，我也十分欣喜。——特雷赛尔和伯克利，跟我同去。
格罗斯特	向我道别吧。
安妮	这超出了你应得的。不过既然你教我如何奉承你，便想象一下我道过别了。(特雷赛尔与伯克利与安妮同下。)
格罗斯特	先生们，抬尸体。
卫士	高贵的大人，去切特西？
格罗斯特	不，去白衣修士修道院④。在那儿等我。(众卫士抬棺下。)——可有女人在这种心境下遭人求爱？可有女人在这种心境下被人赢得？我要占有她，却不想留太久。什么？我，杀了她

---

① 这些伤心事(these sad designs)：指葬礼。
② 格罗斯特指自己最有理由为亨利六世送葬。
③ 克劳斯比府邸(Crosby House)：理查在伦敦的家，位于主教门街(Bishopsgate Street)，后称克劳斯比宫(Crosby Place)。
④ 白衣修士修道院(Whitefriars)：伦敦一座小修道院。

丈夫、杀了她公公,在她内心恨我透顶之时
占有她?她满嘴诅咒,双目含泪,一旁是对我
怨恨的流血的见证①。因为上帝,她的良心,
这些都是我的障碍,除了简单的邪恶和虚假
的神情,没一个朋友支持我求爱。世上没一
样东西对我有利,我不也赢得了她?哈!难道
她已忘却那位勇敢的王子,爱德华,她的丈
夫? 约三个月前②,在图克斯伯里,我盛怒之
下,一剑将他刺死③。这广阔的世界再给不出
一位,比他更仁慈、更可爱的绅士,——他由
慷慨的大自然创造出来,年轻、英勇、聪慧,
而且,没疑问,十分威严。我剪断了这位可爱
王子的黄金岁月,把她变成一张悲床上的寡
妇,她竟愿对我降低眼光?对我另眼相看,我
的全部抵不上爱德华一半? 对我另眼相看,
我一瘸一拐,形貌如此畸形? 我愿拿公爵领
地赌叫花子手里的一枚小铜钱儿④! 这阵子

① 流血的见证(bleeding witness):即亨利六世流血的尸体。

② 图克斯伯里之战发生在 1471 年 5 月 4 日, 亨利六世的尸体于 5 月 23 日运往切特西,在历史上此处应为"三个礼拜之后"。

③《亨利六世(下)》第五幕第五场,图克斯伯里之战结束后,爱德华四世、乔治、理查兄弟三人一人一剑,将亨利六世之子小爱德华刺死。

④ 叫花子手里的一枚小铜钱儿(a beggarly denier):直译为"叫花子手里的一德尼厄尔"。德尼厄尔(denier):一种币值很小的法国铜币,合十分之一便士。

我倒把自己的样貌看错了。以我的性命起誓，虽说我没能，可她却发现了，我居然是一个了不起的美男子。我要去买一面镜子，再雇二十或四十个裁缝，琢磨时髦，捯饬一下身体。既然悄悄对自己有了好感，就要花点儿钱供养它。但我先要把那边的家伙弄进坟墓，然后哀悼一番，转身去见我的爱人。——

照耀吧，美丽的太阳，买镜子之前，让我好好看一眼自己走路时的身影。(下。)

第三场

伦敦,王宫中一室

(王后伊丽莎白、里弗斯伯爵、格雷勋爵上。)

里弗斯　　　要有耐心,夫人,毫无疑问,陛下一定很快恢复健康。

格雷　　　　(向王后。)您若忍不了,他会病得更重。因此,看在上帝分上,高兴点儿,用活泼、欢快的目光使他振作。

伊丽莎白　　他要是死了,我该怎么办?

格雷　　　　除了失去这样一位夫君,别无伤害。

伊丽莎白　　失去这样一位夫君包含了一切伤害。

格雷　　　　等他死去,上天凭一个有前程的儿子祝福你,作安慰你的人。

伊丽莎白　　啊! 他还小,未成年,现由格罗斯特看管,这人对我没好感,对你们也无一有好感。

里弗斯　　　依法敲定他出任护国公了?

里弗斯　要有耐心,夫人,毫无疑问,陛下一定很快恢复健康。

伊丽莎白	敲定了,还没颁布。但国王一死,势必如此。

(白金汉公爵与德比伯爵斯坦利上。)

格雷	白金汉和德比两位大人来了。
白金汉	陛下日安!
斯坦利	愿上帝叫陛下像往日一样快乐!
伊丽莎白	我高贵的德比大人,里士满伯爵夫人,不见得会对您好意的祈祷说阿门①。不过,德比,虽说她是您妻子,不喜欢我,但高贵的大人,向您保证,我不会因她故作傲慢而恨您。
斯坦利	我恳求陛下,不要相信那些虚伪指控者对她的恶意诽谤,退一步说,即便指控属实,也请宽容她的弱点,在我看来,这出于她任性的毛病,绝非心存歹意。
伊丽莎白	我的德比大人,您今天见过国王了?
斯坦利	我和白金汉公爵去探望国王,刚从那儿来。
伊丽莎白	二位大人,他有可能康复吗?
白金汉	希望很大,夫人,陛下谈兴甚高。
伊丽莎白	愿上帝给他健康! 你们跟他谈了?

---

① 意即里士满伯爵夫人不一定同意您好意的祈祷。里士满伯爵夫人(Countess of Richmond):即萨默赛特公爵之女玛格丽特·波弗特(Margaret Beaufort),德比伯爵之妻。1456年,她与第一任丈夫埃德蒙·都铎(Edmund Tudor)结婚,生下里士满伯爵亨利,即后来的亨利七世。她结过三次婚,第二任丈夫是亨利·斯塔福德勋爵(Lord Henry Stafford)。

| 白金汉 | 谈了，夫人。他希望格罗斯特公爵和您的兄弟们①，还有他们同宫廷大臣②之间，达成和解。国王已派人召见他们。 |

| 伊丽莎白 | 愿一切顺当！——可那永无可能。我们的好运怕是到头儿了。 |

（格罗斯特、海斯汀、多赛特上。）

| 格罗斯特 | 他们冤枉我，我可忍不了。——是谁向国王诉苦，说我，真的，对他们严厉，毫无爱意？以神圣的保罗起誓，他们把这种煽动性谣言塞满陛下耳朵，却一点儿不爱他。我因不会巴结，外表不顺眼，不会笑脸待人，不会逢迎、欺骗，不会使诈，不会像法国人似的点头，不会像猴子似的行礼，便被认定为一个心怀恶意的敌人。难道一个实诚人不能活得没有害人之心，他单纯的忠心非得被油嘴滑舌、狡诈、谄媚的恶棍糟践吗？ |

| 格雷 | 这儿在场好几位，阁下说谁呢？ |

| 格罗斯特 | 说你，你既不实诚又不宽厚。我何时损害过你？何时冒犯过你？——还有你？——算上 |

---

① 兄弟只有一个，即剧中的里弗斯伯爵安东尼·伍德维尔（Anthony Woodville）。然而，莎士比亚在第二幕第一场开场舞台提示中，分别提到里弗斯和伍德维尔，把他们当成两个人。

② 指海斯汀。

你？——或你们这派中的任何一个？愿你们全都遭瘟疫！国王陛下，——愿上帝保佑他别让你们如愿！——他难得片刻喘息，无法安宁，你们却非要拿邪恶的指控烦扰他。

伊丽莎白　格罗斯特老弟，这事儿你误会了。国王，出于自己的君王之意，不受哪个请愿者唆使，他可能从你对我的孩子们、我的兄弟们及我本人的外在行为表现，猜出你内心的仇恨，这才召你去，想查明根由。

格罗斯特　我说不清。世界变得如此糟糕，雄鹰不敢落足之地，鹪鹩①却敢捕食。既然每个卑贱之人都变身为贵族，那好多贵族也就成了下人。

伊丽莎白　好了，好了，格罗斯特老弟，我明白你的意思。我和我的亲戚们地位提升，你嫉妒。愿上帝允许我对你永无所求！

格罗斯特　同时，愿上帝允许我有求于你。我们的兄弟②被你设法关进牢狱，我自己也丢了脸，贵族遭人蔑视。可这时，差不多三两天前，那些一文不值的人，地位却还每天大幅提升，受封

---

① 鹪鹩(wrens)：一种小型鸣禽。
② 指理查的二哥克拉伦斯公爵乔治。

为贵族①。

伊丽莎白　上帝把我从安享知足的命运中,升到这一担惊受怕的高位,但我从未唆使陛下对克拉伦斯公爵下手,相反,我一直热心恳求、为他辩护。我的大人,你对我羞辱伤害,误将我拖入这卑劣的猜疑。

格罗斯特　你可以否认海斯汀勋爵最近被关入狱不是你主使的。

里弗斯　她可以,大人,因为——

格罗斯特　她可以,里弗斯勋爵!——哎呀,谁不知她会这么做?不光否认那个,先生,她可以做得更多。她可以帮你体面地官升三级,然后再否认伸手相帮,硬把那些荣耀算你理所应得。有什么不可以的?她可以,——嗯!以圣母马利亚起誓,愿她可以,——

里弗斯　以圣母马利亚起誓,愿她可以什么?

格罗斯特　以圣母马利亚起誓,愿她可以什么? 可以再嫁②一个国王,一个单身汉,一个俊小伙儿。您祖母当初嫁人的确更糟!

---

①那些一文不值的人(worth a noble):直译为"那些只值一诺布尔的人"。在此,"贵族"(noble)与"诺布尔"(noble)双关,且与"受封为贵族"(ennoble)双关。"诺布尔"为一种金币,币值约合三分之一镑。

②"以圣母马利亚起誓"(Marry)与"嫁"(marry)双关。

伊丽莎白　　格罗斯特大人，对这粗鲁指责和这尖刻嘲
　　　　　　讽，我忍了您很久。以上天起誓，我要叫陛下
　　　　　　了解我常忍受哪些卑鄙的讥讽。我宁愿做一
　　　　　　个乡下女仆，也不愿在这种情况下做一个尊
　　　　　　贵的王后，——受压制、被嘲弄、遭怒骂。身
　　　　　　为英格兰王后，没多少快乐。

(年老的玛格丽特王后①自后上。)

玛格丽特　　(旁白。)把她的快乐减到最少，上帝，我恳求
　　　　　　你！你的荣耀、地位和王座，都该给我。

格罗斯特　　(向王后。)什么？您威胁我要告诉国王？告诉
　　　　　　他，嘴上别含嗇。看吧，对刚说过的话，在国
　　　　　　王面前我保证认账。我敢冒被送进伦敦塔的
　　　　　　危险。到开口的时候了，把我的辛劳全忘了。

玛格丽特　　(旁白。)滚，魔鬼！那些辛劳我可记得非常清
　　　　　　楚。在伦敦塔里，你杀了我丈夫，在图克斯伯
　　　　　　里，你杀了爱德华，我可怜的儿子。

格罗斯特　　(向王后。)在你当王后，嗯，或者说在你丈夫当
　　　　　　国王之前，我是成就他大事的一匹耕马②，一
　　　　　　个除草者，为他清除有野心的敌人，一个慷

---

①历史上，在1471年5月4日图克斯伯里战役之后，亨利六世的遗孀玛格丽特先囚禁于伦敦塔，1475年由父亲雷尼耶赎出，回到故土法兰西，1482年去世。
②耕马(packhorse)：意即吃苦耐劳。此句暗示我对他的称王大业劳苦功高。但在历史上，爱德华四世于1461年加冕国王时，生于1452年的理查刚九岁。

慨的犒劳者，替他酬谢朋友。为让他体内流

淌君王之血，我耗尽了自己的血。

玛格丽特　　　(旁白。)呜呼，流了好多血，比他的或你的更

高贵。

格罗斯特　　　(向王后。)整个那段时间，你和你丈夫格雷都

站在兰开斯特家族一边。——还有，里弗

斯，你也是。——(向王后。)你丈夫不是在玛

格丽特军中在圣奥尔本斯被杀的吗①？您如

果忘了，让我提醒一下，您从前什么身份，现

在什么身份。而我，从前是谁，现在又是谁。

玛格丽特　　　(旁白。)从前是一个杀人的恶棍，现在还是。

格罗斯特　　　可怜的克拉伦斯离弃了他的岳父沃里克②，

对，还打破了自己的誓言。——愿耶稣宽恕

他！——

玛格丽特　　　(旁白。)愿上帝向他复仇！

格罗斯特　　　站在爱德华一边为王位而战。为了报答他，

---

①历史上，第一次圣奥尔本斯之战，也是玫瑰战争的第一场战役，发生于1455年5月22日，老约克公爵和沃里克的军队打败了亨利六世的国王军队。第二场圣奥尔本斯之战发生于1461年，玛格丽特王后的军队击败了爱德华四世和沃里克的军队。另外，历史上，伊丽莎白王后(格雷夫人)的第一任丈夫约翰·格雷，并非像在《亨利六世(下)》第三幕第二场中描述的理查·格雷那样"在为约克家族的战斗中丢了性命"。相反，他死于为兰开斯特家族而战。

②《亨利六世(下)》描述克拉伦斯先背叛了兄长爱德华四世，投奔沃里克，娶了沃里克的小女儿，后又背叛沃里克，回到国王哥哥身边，导致沃里克兵败。

可怜的领主①,他像鹰一样被关进笼子。愿上帝让我像爱德华一样,心如燧石②。或者愿爱德华像我一样,心存同情、怜悯。我太幼稚、太蠢,在这世上难求生存。

玛格丽特　(旁白。)不要脸,快下地狱,离开这个世界,你这恶魔! 那儿是你的王国。

里弗斯　格罗斯特大人,您在这儿极力证明,在那些战乱的日子我们是敌人,但当时,我们所追随的主上,是我们合法的国王。假如您是我们的国王,我们照样追随。

格罗斯特　假如我是? ——我宁愿是个小贩。愿这念头远离我心!

伊丽莎白　您若是这一国之君,我的大人,享不了料想中的快乐。——同样,您可以料想我,身为王后,没快乐可享。

玛格丽特　(旁白。)同样,王后没快乐可享。因为那就是我,我全无快乐。我没耐心了。——(走向前来。)听我说,你们这些斗嘴的海盗,劫了我的东西,吵着分赃。你们当中,有谁见了我不发抖? 即便你们不把我当王后,像臣民似的

---

① 领主(lord):此处应刻意指克拉伦斯是有公爵领地的贵族领主。
② 燧石(flint):即坚硬的打火石。指心像燧石一样硬。

冲我低头,那也要像废黜我的反贼一样战栗。——(向理查。)啊,高贵的恶棍①,别走。

格罗斯特　满脸皱纹的丑巫婆,你在我眼前晃什么?

玛格丽特　只为详述你造成的毁灭, 在让你走之前,这是我要干的。

格罗斯特　你不知放逐之人违令者死②吗?

玛格丽特　知道。但我发现放逐之苦比留在这儿受死更痛。你欠我一个丈夫,一个儿子,——(向伊丽莎白。)你欠我一个王国,——你们全体,都欠我忠诚。我现在的悲痛,是你们应得的。你们篡夺的一切欢乐,本该属于我。

格罗斯特　我高贵的父亲把诅咒加在了你身上, 当时,你把纸做的王冠套在他好战的额头③, 用你的嘲弄引他泪眼成河,然后,你又把在可爱的拉特兰无辜鲜血里浸过的一块布,给了公爵,让他擦干泪水④。——那之后,他痛苦的灵魂对你发出的诅咒,全降临在你身上。是上帝,不是我们,在不停惩罚你血腥的行为。

---

　　①此为莎士比亚采用矛盾修饰法的表达。在玛格丽特眼里,理查出身高贵,行为下贱,故称之"高贵的恶棍"。

　　②指玛格丽特已流放法兰西,私自逃回,属违反放逐法令,必须处死。

　　③参见《新约·马太福音》27:29:描述罗马兵士为戏弄耶稣,在他被钉十字架之前,给他戴上一顶荆棘华冠,戏称"犹太人的王万岁!"

　　④这一情景详见《亨利六世(下)》第一幕第四场。

伊丽莎白	上帝如此公正，必为无辜者伸张正义。
海斯汀	啊！杀那个孩子，这是闻所未闻最邪恶、最残忍的行为。
里弗斯	它一旦传出去，暴君听了也会流泪。
多赛特	无人不预言这事必遭报复。
白金汉	诺森伯兰，那时在场，见此惨景，也落了泪。
玛格丽特	怎么？我来之前，你们不都在怒吼，准备互掐喉咙吗？现在却把所有的仇恨都转向我。约克的可怕诅咒对上天那么管用？亨利之死，我心爱的爱德华之死，他们的王国之丧失，我的悲惨之放逐，只是在补偿那个愚蠢的毛头小子？莫非诅咒能刺透云层，进入天国？——哎呀，那么，厚腻的云层，给我犀利的诅咒让路！诅咒你们的国王，即便不死于战争，也死于贪淫纵欲，如同我们的国王遇害，是为了叫他为王。——（向伊丽莎白。）你儿子爱德华，现在的威尔士亲王之于你，犹如我儿子，那时的威尔士亲王之于我，诅咒他同样以青春华年过早暴亡！从前我是王后，如同现在你是王后；愿你活过荣耀之年，像我现在一样凄惨！愿你活得长久，哀号儿女的死，眼见另一个王后，拿你的尊号来装饰，像我现在见你一样，把我的位置占

为己有。愿你死之前，快乐的日子早已死去，并在经过许多长时间悲痛之后，临死之际，既不是母亲、妻子①，也不是英格兰的王后！——里弗斯、多赛特，——还有你，海斯汀勋爵，——当我儿子被血腥的短剑捅死之时，你们都在场②。上帝，我祈求他，愿你们没人活到终老，全都被飞来横祸把命剪断③。

格罗斯特　停止诅咒，你这可恨、干瘪的巫婆！

玛格丽特　怎么把你漏了？等着，狗东西，听好对你的诅咒！倘若上天有贮存的超过我所希望的随便哪种严重瘟疫，啊！让上天先留着它，等你的罪恶熟透了，再把义愤丢到你头上，你这可怜的世间和平的闹事鬼。让良心像蛆虫一样不停吞噬你的灵魂。愿你只要活在世上，便疑心朋友是反贼，把暗藏的反贼视为最贴心的朋友！愿你凶残的双目永不闭眼安眠，除非一闭眼，便有成群丑恶的魔鬼在折磨人的梦里惊吓你！你这头出生时被邪灵打

---

①玛格丽特诅咒伊丽莎白的儿子、丈夫都死去。

②据霍尔《编年史》记载，亨利六世之子爱德华亲王被杀时，除了爱德华四世、克拉伦斯和格罗斯特三兄弟，在场的还有多赛特与海斯汀。莎士比亚在《亨利六世（下）》描述这一场景时，并未让多赛特和海斯汀出场。

③剪断（cut off）：此为对古希腊神话中"命运三女神"之一、主司人类生命线的阿特洛波斯剪断生命线的化用。

上印痕,怪模怪样,贪婪的、满处乱拱的野猪[①]! 你一落生便打上烙印,人之奴隶,地狱之子! 你是你受孕娘胎的耻辱! 是你父亲腰胯[②]憎恶的孽种! 你这荣誉的抹布! 你这叫人讨厌的——

格罗斯特	玛格丽特!
玛格丽特	理查!
格罗斯特	哈!
玛格丽特	我没叫你。
格罗斯特	那请原谅,我还以为你所有这些狠毒的称呼都是骂我的。
玛格丽特	哼,骂的就是你。但不想听你还嘴。啊! 让我来结束诅咒。
格罗斯特	我已经替你结束了,拿"玛格丽特"结束的。
伊丽莎白	那你等于吸入了对自己的诅咒。
玛格丽特	可怜的冒牌儿王后,拿我的地位做没用的装饰! 你为何要把糖撒在那大肚子蜘蛛上? 它已将你诱入致命的蛛网。笨蛋、傻瓜,你正在磨刀杀自己。早晚有一天,你会巴望我帮你诅咒这只有毒的驼背癞蛤蟆。

---

① 野猪(hog):理查的纹章上有一头白色的野猪。
② 腰胯(loins):暗指男性生殖器官。

海斯汀	伪造预言的女人,停止疯狂的诅咒,以免惹得我们失去耐性伤了你。
玛格丽特	愿邪恶的耻辱降在你头上!你们全都惹了我。
里弗斯	您若得到应有的对待,要学会顺从。
玛格丽特	我若得到应有的对待,你们都该顺从我,教我如何做你们的王后,你们怎样做臣民。啊!给我应有的对待,你们教会自己如何顺从。
多赛特	别跟她争辩,——她疯了。
玛格丽特	住口,侯爵阁下,你出言不逊。您这崭新的荣誉印记,还没生效呢①。啊!愿您这年轻的新贵判断一下,一旦失去它,多惨呐!树在高处,狂风劲吹,一旦倒下,摔得粉碎。
格罗斯特	忠告,以圣母马利亚起誓。——记住,记住,侯爵。
多赛特	您受了触动,大人,和我一样。
格罗斯特	嗯,更受触动。但我生来就如此之高②,我们在雪松的树梢上筑鹰巢,与风玩耍,与太阳对视③。

---

①玛格丽特挖苦多赛特受封侯爵爵位时间不长,几乎无人知晓。历史上,多赛特于1475年4月18日受封侯爵,到此时有八年之久,已不算"崭新"。

②格罗斯特借上句树的比喻,形容自己生来就是地位显赫的贵族。

③据说苍鹰与太阳对视之时不眨眼睛。关于筑鹰巢,参见《旧约·以西结书》17:3:"有一只大老鹰翅膀大,羽毛丰满而美丽。它展开翅膀,飞到黎巴嫩山上,啄断香柏树(雪松)的幼嫩的树梢。"

玛格丽特	转身把太阳遮出阴影。——哎呀,哎呀!——凭我儿子做证,他现在身陷死亡阴影,你阴郁的愤怒把他明亮闪耀的光线,藏进了永恒的黑暗①。你们在我们的鹰巢里筑巢。——啊!上帝,亲眼看,别容忍,让他以流血赢来的东西,照样以流血失去!
白金汉	安静,安静,真丢脸,不妨宽容一些。
玛格丽特	别跟我提什么丢脸、宽容。——(向众人。)你们对我一点儿不宽容,无耻地屠杀了我的希望②。对我显出的宽容是暴力,活着成了耻辱。让我悲伤的愤怒永在那耻辱里存活。
白金汉	别说了,别说了。
玛格丽特	啊,高贵的白金汉,我要吻你的手,作为与你结盟、友善的标志。愿好运降临你和你高贵的府邸!你的外衣没沾过我们的血,你也不在我诅咒的范围。
白金汉	这儿没一个人在你范围里,因为诅咒从不超出把它们呼到空气中的那两片嘴唇。
玛格丽特	我只想让它们升到天上,在那儿惊醒上帝

---

① 参见《旧约·约伯记》10:21—22:"我要到死荫黑暗的地方去。那边只有黑暗、死荫、迷离;在那里,连光也是黑暗。"

② 我的希望(my hopes):指被约克家族杀死的亨利六世和玛格丽特的儿子小爱德华。

温柔睡梦的安宁。啊,白金汉,当心那边儿那条狗。每当他讨好你,他就咬你;一旦咬了你,他的毒牙会叫你伤口溃烂死于非命。别跟他来往,提防他。罪恶、死亡和地狱,都把印记烙在了他身上,它们的一切爪牙都听他差遣。

格罗斯特　她说什么,白金汉大人?

白金汉　没什么,不值一听,仁慈的大人。

玛格丽特　怎么?我好言相劝,你竟取笑我?我警告你远离那魔鬼,你反倒去巴结?啊!记住迟早有一天,当他用悲痛劈裂你的心窝,那时你会说可怜的玛格丽特是一个女先知!——你们每一个活人都是他憎恨的对象,他也是你们恨的对象,你们所有人都是上帝恨的对象!(下。)

海斯汀　听她诅咒,我头发根儿都竖了起来。

里弗斯　我也是。我在寻思为何替她恢复自由①。

格罗斯特　我不怪她。以上帝的圣母起誓②,她受了太多冤屈,我对我给她造成的那部分冤屈感到后悔。

---

① 意即为她结束在法兰西的放逐,恢复自由。

② 即以属于上帝的圣母马利亚起誓。

伊丽莎白	就我所知,我从没伤害过她。
格罗斯特	但你享有了经她冤屈带来的一切好处①。以前我太热衷于帮某人捞好处②,结果现在人家丝毫不领情。以圣母马利亚起誓,至于克拉伦斯,他的报偿不错,拿辛劳换来在猪圈里养膘儿③。——愿上帝宽恕造成这一结果的主使者④!
里弗斯	为那些伤害过我们的人祈祷,这是一种美德,一种基督徒般的结果。
格罗斯特	我一直这样,谨慎行事。——(自言自语。)因为我如果现在诅咒,等于诅咒自己。

(凯茨比爵士上。)

凯茨比	(向王后。)夫人,陛下召见您。——(向里弗斯。)还有您,——(向众人。)还有你们,仁慈的领主们。
伊丽莎白	凯茨比,我来了。——领主们,跟我一起去吗?
里弗斯	把严重的罪责推给别人。克拉伦斯——的确是我叫人把他投入黑暗⑤,却对着许多天真

---

① 指替代玛格丽特成为新的英格兰王后。
② 指曾出力帮大哥爱德华继位,尤其后来尽全力帮他恢复王位。
③ 暗指囚禁在伦敦塔的克拉伦斯猪一样被围在圈里,养肥等待宰杀。
④ 理查暗指自己。
⑤ 暗指自己主使把二哥克拉伦斯关进伦敦塔。参见《新约·马太福音》22:12:"那些本可以成为天国子民的人,反而要被驱逐到外面的黑暗里。"22:13:"国王就吩咐仆人:'把他的手脚绑起来,扔到外面的黑暗里。在那里,他要哀哭,咬牙切齿。'"

的白痴——特别是，对着德比、海斯汀和白金汉——痛哭失声。我告诉他们，是王后及其同伙煽动国王对我的公爵哥哥下手。现在他们信了，还撺掇我向里弗斯、多赛特、格雷复仇。但我叹了口气，用一句圣经上的话，对他们说，上帝叫我们要以善报恶。就这样，我用从圣经上偷来的古怪的只言片语，裹住我赤裸的罪恶，而且，在我极力扮演魔鬼之际，却貌似一名圣徒①。——但稍等，替我行凶的刽子手来了。

(二刺客上。)

格罗斯特　　怎么样，我大胆、粗壮、坚决的伙计们！你们正准备了断这件事？

刺客甲　　　准备好了，大人。我们来拿执行令②，以便进入囚禁他的地方。

格罗斯特　　想得周全，我随身带着呢。(递过执行令。)得手之后，速去克劳斯比宫。可是，二位，下手要快，心肠要硬，别听他央告。克拉伦斯能说会道，你们如果听了，也许会动恻隐之心。

---

① 参见《新约·哥林多后书》11:13—14：“这班人不是真使徒，他们是假使徒，行为诡诈，伪装做基督的使徒；其实这不足为怪，连撒旦也会把自己伪装成光明的天使。”

② 执行令（warrant）：从后文看，此处应为“执行令”或“手令”，并非一般的通行证件。

刺客甲	啧,啧! 大人,我们不听他唠叨。空谈家不是实干家,靠不住。放心,我们用手,不用舌头。
格罗斯特	傻瓜眼里落了泪,你们的双眼滴磨盘①。我喜欢你们,伙计们,立刻去干事儿。去,去,快去干。
刺客甲	这就去,高贵的大人。(均下。)

---

① 磨盘(millstones):以此形容要有铁石心肠,下手狠辣。

第四场

伦敦,伦敦塔

(克拉伦斯与布雷肯伯里①上。)

布雷肯伯里　　阁下今天神色为何如此悲哀?

克拉伦斯　　　啊,我过了一个惨夜,满是吓人的梦,满是
　　　　　　　丑恶的情景,作为一个基督的忠信之人,哪
　　　　　　　怕能换来无数欢快的日子,我也不愿再过
　　　　　　　这么一夜,——一整夜充满凶险的恐怖!

布雷肯伯里　　梦见什么了,大人? 请告诉我。

克拉伦斯　　　梦见我冲破了伦敦塔,登船渡海到了勃
　　　　　　　艮第②。我弟弟格罗斯特陪我同行,他诱
　　　　　　　惑我离开船舱,到甲板上散步。从那儿,
　　　　　　　我们望着英格兰,回想战争降临我们约

---

①此处"第一对开本"的舞台提示为"守卫"。
②克拉伦斯幼年曾在乌特勒支(Utrecht)居住,当时乌特勒支(今位于荷兰境内)是法兰西勃艮第公爵的领地。

克家族与兰开斯特家族期间，一千次①的惨痛时光。梦见我们在脚跟儿摇晃的甲板上踱步，格罗斯特绊了一跤，冲我跌过来，我想稳住他，他却把我撞出船外，坠入巨浪翻滚的大海。主啊！我想，被淹死何等痛苦！水的噪声在我耳畔多么可怕！丑陋的死尸在我眼里多么凄惨！梦见我看到一千条遇难船只的可怕残骸，一万个落水者被鱼群啮咬，许多金块、巨锚，成堆的珍珠，无数的宝石，无价的珠宝，全都散落海底。有的宝石掉进死人的骷髅；而且，反光的宝石爬进双眼曾住过的洞窝，仿佛在那儿以鄙视的双眼，向海底的淤泥求爱，嘲笑四处散落的尸骨。

布雷肯伯里　死亡之时，你还有如此闲心凝视海底的秘密？

克拉伦斯　梦见我有，我多次尽力交出灵魂②。但恶意的大海老是阻止我的灵魂，不愿放它出来，去寻找空荡荡、漫天飘忽不定的空气，非要把它闷死在我喘息的体内，而我的身

---

① 一千次（a thousand）：此为虚指。
② 交出灵魂（yield the ghost）：即死亡。意即我多次尽力求死。

体快要爆裂,将它喷入大海。

布雷肯伯里　这样透顶的痛苦都没惊醒您?

克拉伦斯　　不,不,我死了,梦还在持续。啊!于是我灵
　　　　　　魂的暴风雨开始了。梦见我跟诗人们笔下
　　　　　　那个阴郁的摆渡者①一起,渡过忧郁的洪
　　　　　　流②,进入永恒之夜的王国③。第一个在那
　　　　　　儿迎接我陌生的灵魂的,是我伟大的岳
　　　　　　父,赫赫有名的沃里克,他大声说:"这黑
　　　　　　暗王国能给发假誓的克拉伦斯什么惩
　　　　　　罚?"④说完他消失了。然后一个天使般的
　　　　　　身影⑤游荡而来,亮泽的头发溅满血,他
　　　　　　厉声尖叫:"克拉伦斯来了——虚伪、善
　　　　　　变、发假誓,在图克斯伯里战场捅死我的
　　　　　　克拉伦斯,——捉住他!复仇女神⑥,押他
　　　　　　去受苦刑!"话音未落,梦见一队恶魔把我
　　　　　　包围,在我耳边吼出如此可怕的尖叫,随

---

① 阴郁的摆渡者 (sour ferryman):希腊神话中地狱冥河的摆渡船夫卡戎
(Charon),死人的灵魂由他送入冥府。

② 忧郁的洪流(melancholy flood):即地狱冥河。

③ 即古希腊神话中的地狱冥王哈迪斯(Hades)。

④ 在《亨利六世(下)》,克拉伦斯先背弃哥哥爱德华四世投奔沃里克,支持兰开
斯特家族,随后不久,又背弃向岳父沃里克立下的誓言,再次回到爱德华四世身边,
最终导致沃里克兵败,受伤而死。

⑤ 身影(shadow):即亨利六世之子爱德华亲王的幽灵。

⑥ 复仇女神(Furies):即古希腊神话中的复仇女神三姐妹。

着凄厉的噪音,我颤抖着醒来,过了好久,不得不信我曾陷入地狱,——这梦里的印象如此可怕!

布雷肯伯里　难怪把您吓得够呛,大人,不稀奇。我想,听您一说,我也怕。

克拉伦斯　啊,布雷肯伯里!为了爱德华的利益,我干下这些现在叫自己灵魂举证的事,看他是怎么报偿我的。啊,上帝!倘若我深深地祈祷不能安抚你,你一定要向我的罪行复仇,那你只向我一人施行愤怒①,啊!放过我无辜的妻子和可怜的孩子。——求你,仁慈的守卫,在我身边坐会儿。灵魂受了折磨,但愿能睡会儿。

布雷肯伯里　好的,大人。愿上帝赐您安睡!(克拉伦斯入睡。)——悲伤打破时令和安睡的时光,使夜晚变清晨,正午变子夜。王公贵族之荣耀只凭头衔,拿内心劳苦换外在尊荣,而且,为了身无所感的念想,他们经常感受无数不安的焦虑。因此,在其头衔和卑贱地位之间,除了徒有虚名,没什么不同。

---

①施行愤怒(execute thy wrath):意即只向我一人执行惩罚。参见《新约·罗马书》13:4:"他是上帝所使用的人,要执行上帝对那些作恶之人的惩罚。"

布雷肯伯里　难怪把您吓得够呛，大人，不稀奇。我想，听您一说，我也怕。

克拉伦斯　　啊，布雷肯伯里！为了爱德华的利益，我干下这些现在叫自己灵魂举证的事，看他是怎么报偿我的。

（二刺客上。）

刺客甲	嗬！谁在这儿？
布雷肯伯里	伙计，你想干吗？怎么进来的？
刺客甲	用双腿走进来的，想和克拉伦斯聊几句。
布雷肯伯里	怎么，这么简单？
刺客甲	简单总比啰唆强，先生。——（向刺客乙。）让他看看咱们的手令，不必多说。（将一纸手令交布雷肯伯里，布雷肯伯里读之。）
布雷肯伯里	照此手令，我把高贵的克拉伦斯交到你们手上。——我无心推断这一手令意欲何为，因为不知情者无罪。——公爵躺在那儿睡觉，钥匙在这儿。我要去见国王，禀告他，就这样我的职责交给了你们。
刺客甲	请便，先生，这是你聪明之处。再会。（布雷肯伯里下。）
刺客乙	怎么，趁他睡着刺死他？
刺客甲	不。等他醒了，他会说此乃懦夫所为。
刺客乙	等他醒了！嘿，傻瓜，不到伟大审判日[1]，他永远不会醒。
刺客甲	嗯，那时他会说咱们趁他睡觉刺死了他。

---

[1] 伟大审判日（the great judgement day）：即末日审判。参见《新约·彼得后书》2:9："主知道如何拯救虔敬之人脱离试炼，也知道如何留下坏人，尤其那些放纵肉体情欲、藐视上帝权威的人，好在审判的日子惩罚他们。"

刺客乙　　一提"审判"这个字眼儿，我心里便生出一种愧疚。

刺客甲　　怎么？你怕了？

刺客乙　　杀他倒不怕，咱有手令。怕因杀了他受诅咒下地狱，又没手令护着我。

刺客甲　　还以为你早下了决心。

刺客乙　　决心还在，让他活命。

刺客甲　　我要回去见格罗斯特公爵，就这么跟他说。

刺客乙　　不，我请你，等一小会儿。我希望这情绪会变。它顶多持续到从一数到十。（停下，从一数到二十。）

刺客甲　　现在感觉如何？

刺客乙　　心里还剩那么点儿良心的渣滓。

刺客甲　　记住，干完了这事儿咱们有赏。

刺客乙　　呦！他非死不可。我把赏钱忘了。

刺客甲　　你良心现在去哪儿了？

刺客乙　　啊，在格罗斯特公爵的钱袋里。

刺客甲　　等他打开钱袋给咱们赏钱时，你的良心会飞出去。

刺客乙　　那没关系，随它去。几乎没谁，或者说，没人收留它。

刺客甲　　要是它又回你这儿来了呢？

刺客乙　　我不跟它瞎掺和。它把一个人变成了胆小鬼。一个人不能偷，一偷它就控告。一个人不能赌咒，一赌咒它就训斥。一个人不能睡邻居的老婆①，一睡它就察觉。它是一个满脸羞涩的小精灵，老在人心窝里反叛。它给一个人塞满障碍。有一回，它叫我把偶然发现的一袋儿黄金还给原主。谁把它留在手里，它把谁变成乞丐。大小城镇全拿它当一件危险东西，都把它赶走。每一个想过红火日子的人，都尽力靠自己，不靠它存活。

刺客甲　拿上帝的伤口起誓，它刚才就在我胳膊肘这儿，劝我别杀公爵。

刺客乙　让魔鬼占据你的心，别信它。它拿你讨好它自己，返回头叫你叹息。

刺客甲　啧！我生来强大②，它说服不了我，我向你保证。

刺客乙　听着倒像个看重荣誉的勇敢之人。来，咱这就动手？

刺客甲　用剑柄猛敲他脑袋，然后把他扔进隔壁装马姆齐甜酒③的桶里。

刺客乙　啊，妙计！把他变成一块泡在酒里的面包。

刺客甲　嘘，他醒了。

刺客乙　敲！

①《旧约·出埃及记》之"摩西十诫"第十四诫为"不可奸淫"。
② 生来强大（strong-framed）：指天生被造物主塑造得强大。
③ 马姆齐甜酒（malmsey-butt）：马姆齐甜酒是一种源自希腊的甜葡萄酒。

刺客甲	不,咱跟他谈谈。
克拉伦斯	守卫,你在哪儿? 给我一杯葡萄酒。
刺客乙	酒管您够,大人,很快。
克拉伦斯	以上帝的名义,你们是谁?
刺客甲	一个人,跟您一样。
克拉伦斯	不一样,我可是王室贵族。
刺客甲	您倒是不一样,我们忠于王室。
克拉伦斯	你的嗓音像雷霆,面容却透出卑微。
刺客甲	我的嗓音现在是国王的,面容是自己的。
克拉伦斯	你说得多么阴郁、多么可怕! 你们的眼神叫我惊恐。你们为何脸色苍白? 谁派你们来这儿的? 你们来这儿干什么?
二刺客	来,来,来——
克拉伦斯	来杀我?
二刺客	嗯,唉。
克拉伦斯	你们既无胆量如实相告,所以也没胆量动手。那好,朋友们,我可曾得罪二位?
刺客甲	没得罪我们,但得罪了国王。
克拉伦斯	我会再同他和解。
刺客乙	休想,大人。因此,准备受死吧。
克拉伦斯	你是从人堆里捡出来杀害无辜的吗?我何罪之有?指控我,证据何在?可有合法的陪审团把裁决提交给皱眉的法官?又是谁宣判了可

克拉伦斯　　以上帝的名义,你们是谁?

刺客甲　　　一个人,跟您一样。

怜的克拉伦斯残酷的死刑?依法宣判我有罪之前，以死相威胁最不合法。假如你们希望，凭基督为我们之重罪所流宝贵的血得救赎[1]，我命你们离开这儿，别对我下手。实施恶行，你们要受罚下地狱。

刺客甲　我们所做，只是奉命行事。

刺客乙　是我们国王下的令。

克拉伦斯　犯罪的奴才，伟大的万王之王[2]在他的律法里，命你不可杀人[3]。难道你们要抗拒他的法令，而执行一个人的命令？留神，因为他手握复仇之惩罚，谁犯了法，便把惩罚扔在谁头上[4]。

刺客乙　他正要把惩罚扔在你头上，因为你发了假誓[5]，也杀了人。你曾在领圣餐时立誓，为兰开斯特家族而战。

刺客甲　而且，你像上帝指名道姓的叛徒一样，打破

---

①参见《新约·马太福音》26:28:"这是我的血,是印证上帝跟人立约的血,为了使许多人的罪得赦免而流的。"

②万王之王(king of kings):即上帝。

③《旧约·出埃及记》中摩西十诫之第六诫为"不可杀人"。

④参见《新约·罗马书》12:19:"不要为自己复仇,宁可让上帝的愤怒替你申冤,因为圣经上说:'主说:申冤在我,我必定报应。'"

⑤参见《新约·马太福音》5:33:"不可违背誓言;在主面前所发的誓言必须履行。"

那一誓言，用谋逆之剑撕开了君王之子①的
内脏。

刺客乙　　那正是你发誓要珍惜、保护的人。

刺客甲　　你怎能违背誓言到这么极端的地步,却要我
们遵从上帝的可怕律法? ②

克拉伦斯　哎呀!因何缘由,我犯下那一恶行?为了爱德
华,为了我哥哥,因他之故。他不会专为此事
派你们来杀我,因为在这事上,他的罪孽和
我一样深重。假如上帝出面为此复仇,啊!你
们知道,他也明人不做暗事。切莫从他强大
的手臂③夺走这一纠纷, 剪断那些对他冒犯
之人,他不用拐弯抹角,也无须非法进行。

刺客甲　　那么, 当勇敢、青春、高贵的普朗塔热内,那
位年轻的亲王,被你打死的时候,又是谁把
你变成一个嗜血的爪牙?

克拉伦斯　对我哥哥的爱,魔鬼,还有我的愤怒。

刺客甲　　对你哥哥的爱,我们的本分,还有你的过错,
促使我们现在来这儿杀你。

---

① 君王之子(sovereign's son):即亨利六世之子小爱德华。

② 参见《新约·罗马书》2:21—23:"你教导别人,为什么不教导自己呢?……你夸
口你有上帝的法律,你有没有破坏上帝的法律羞辱他? "

③ 参见《旧约·约伯记》40:9:"你有上帝一样的手臂吗? 你能发出上帝一样的雷
鸣吗? "

克拉伦斯	如果你们真心爱我哥哥，便不要恨我。我是他弟弟，我很爱他。你们受雇若为了得赏钱，便原路返回，我要派你们去见我弟弟格罗斯特，他听说我活着，会比得知我死讯的爱德华，给你们更多的报偿。
刺客乙	您受骗了，您弟弟格罗斯特恨您。
克拉伦斯	啊，不，他爱我，珍惜对我的亲情。从这儿去见他。
刺客甲	嗯，我们这就去。
克拉伦斯	告诉他，当我们高贵的父亲约克凭着胜利的手臂祝福三个儿子，并从灵魂里叮嘱我们彼此相爱之时，怎能想到这种手足分离。叫格罗斯特回想一下，他会哭的。
刺客甲	嗯，哭出磨盘①，就像他教我们的那样哭。
克拉伦斯	啊！不要诬陷他，因为他很仁慈。
刺客甲	没错，像收割时落雪②。——您在骗自己，正是他派我们来这儿毁掉您。
克拉伦斯	那不可能，他曾为我的命运哭泣，双臂搂着我，抽噎着发誓说，一定尽力叫我获释。

---

① 哭出磨盘（millstones）：此为化用俚语"哭出磨盘"（weep millstones），形容心如铁石之人不会轻易落泪。

② 此为化用《圣经》之比喻，参见《旧约·箴言》26:1："蠢人得荣耀，犹如夏日落雪，收割时下雨，都不相宜。"刺客甲借此指格罗斯特毫无仁慈之心。

刺客甲	哎呀,他的确在尽力,叫您从尘间奴役中获释,升入天国享乐。
刺客乙	与上帝讲和①吧,因为您必须死,大人。
克拉伦斯	莫非您灵魂里有这样神圣的情感,劝我与上帝和睦相处,却对自己的灵魂如此盲目,竟要以杀我与上帝作战?——啊!二位,想一下,唆使你们来干这事儿的那个人,会因为这事儿恨你们。
刺客乙	(向刺客甲。)那我们怎么办?
克拉伦斯	以怜悯之心,救你们的灵魂。如果你们中的哪一个,是亲王②之子,像我现在这样被关了起来,失去自由,如果有两个像你们一样的刺客前来杀你,难道不求活命吗?如果你们身陷我的危难之中,你们会乞求——
刺客甲	怜悯之心!那是怯懦的娘们儿气。
克拉伦斯	没有怜悯之心,就是野兽、野人、魔鬼。——(向刺客乙。)我的朋友,我在你神情里窥见一丝悲悯。啊!如果你的眼睛不是一个马屁精,那就站我这边,为我恳求。哪儿有一个叫花子不怜悯一个乞讨的王子?

---

① 参见《旧约·以赛亚书》27:5:"如果我子民的敌人要我保护,就得先跟我讲和。"《新约·罗马书》5:1:"我们因信称义,便凭着主耶稣,得以与上帝相和。"

② 亲王(prince):即克拉伦斯的父亲老约克公爵。

刺客乙	您回头看,大人。
刺客甲	(刺克拉伦斯。)吃一剑,又一剑。若还弄不死,我就把你泡在装马姆齐甜酒的桶里。(拖尸体下。)
刺客乙	一桩嗜血的恶行,绝情的刺杀!我多愿像彼拉多①那样,把这双罪恶透顶杀人的手洗净!

(刺客甲重上。)

刺客甲	怎么!你什么意思,也不来帮把手?以上天起誓,我要让公爵知道你多么偷懒!
刺客乙	真愿他知道我救了他哥一命!你去领赏吧,把我的话告诉他,因为我对公爵被杀感到后悔。(下。)
刺客甲	我不后悔。走开,你这个胆小鬼。——好吧,我得把尸体藏哪个洞里,直到公爵下令安葬。等一领了赏钱,我转身就走。这事迟早泄露,我决不久留。(下。)

---

① 彼拉多(Pilate):古罗马犹太行省(Judaea)总督。参见《新约·马太福音》27:24:众人押解耶稣去见彼拉多,要他下令将耶稣钉十字架。彼拉多看情形,知道再说也没用,反而会激起暴动,拿水在众人面前洗手,说"流这个人的血,罪不在我,你们自己承担吧!"

第二幕

第一场

伦敦，王宫中一室

[喇叭奏花腔。国王爱德华四世(病中)，王后伊丽莎白、多赛特、里弗斯、海斯汀、白金汉、格雷及其他人上。]

爱德华四世　　哎呀，就这样。现在我把一整天的事做完了。你们这些贵族，要把这一联盟继续下去。我每天都盼救世主来一个消息，将我从这儿救赎，既然我已让朋友们在尘间达成和平，那我的灵魂离身去天国将更安宁。——里弗斯与海斯汀①，相互握手，切莫心藏仇恨，发誓彼此相爱。

里弗斯　　　　以上天起誓，我清洗了灵魂里的怨恨，凭伸手印证我的真情挚爱。(将手伸给海斯汀。)

海斯汀　　　　愿我事业兴旺，因为我真心立下同样的

────────────

① "第一对开本"此处作"多赛特与里弗斯"。

誓言!

爱德华四世	留神,别在国王面前闹着玩儿,以免至高无上的万王之王挫败你们隐藏的欺诈,判你们相互仇杀。
海斯汀	那愿我交好运吧,因为我发誓付出完美之爱!
里弗斯	也愿我交好运,因为我以全心敬爱海斯汀!
爱德华四世	(向王后。)夫人,这事儿连你也不能免除,——还有你,我的继子多赛特,——还有你,白金汉,——你们一向不和。夫人,爱海斯汀勋爵,让他吻你的手,你做什么,都要出自真诚。
伊丽莎白	吻这儿,海斯汀。我决不再记恨前仇,愿我和我的家人事业兴旺!
爱德华四世	多赛特,拥抱他。——海斯汀,爱这位侯爵大人。
多赛特	我在这儿宣布,就我来说,这一爱的交换不容违背。
海斯汀	我也发誓。(二人拥抱。)
爱德华四世	现在,高贵的白金汉,凭你对我妻子家人的拥抱,来印证这个联盟,以你们的团结让我高兴。
白金汉	(向王后。)白金汉不论何时将其仇恨转向王

后,对您和您的家人不怀忠顺之爱,叫上帝凭我最希望爱我之人对我的恨,来惩罚我！在我最急需雇请一个朋友,而且最确信他是一个朋友之际，叫他对我狡诈、伪善、背叛,满心欺骗！——一旦我对您或您的家人爱心变冷，便乞求上天如此对我。(拥抱。)

爱德华四世　高贵的白金汉,你这一誓言对我病弱之心,是一服舒心的镇定药。现在这儿只缺我弟弟格罗斯特,给这一受祝福的和解收尾。

白金汉　说来真巧，理查·拉特克利夫爵士和公爵都来了。

(拉特克利夫与格罗斯特上。)

格罗斯特　早安我的君王和王后。祝高贵的贵族们每天开心！

爱德华四世　我们今天的确过得开心。格罗斯特,我做了件善事,在这些骄傲、满腔怨怒的贵族们之间,化敌意为和平,化仇恨为挚爱①。

格罗斯特　一件受祝福的苦差事，我最威严的主上。在这一贵族群中,若有谁,或因虚假信息,

---

① 参见《新约·马太福音》5:9:"促进和平的人多有福啊;/上帝要称他们为儿女。"

或因错误推断，把我当成一个敌人；假如我，或出于无意，或出于愤怒，冒犯过在场的随便哪一位，我希望与他和解，友好相处。对于我，与人结仇毋宁死。我恨它，希望得到所有好心人的爱。——首先，夫人，我愿以尽忠效劳来换取，求得您真正的和解。——我高贵的亲戚[1]白金汉，若我们之间曾心怀任何积怨，请和解。——还有您和您，里弗斯勋爵、多赛特，你们都曾毫无来由地对我横眉立目，请和解。——还有您，伍德维尔勋爵，——斯凯尔斯勋爵[2]，还有您。——各位公爵、伯爵、领主、绅士，——真心的，请大家和解。我不明白，我的灵魂与每一个活在世上的英国人的分歧，会比昨夜新生的婴儿还多一点儿。我因我的谦卑感谢上帝！

伊丽莎白　从此，把今天当一个神圣的日子。我祈求上帝，愿一切纷争圆满化解。——我的君王，我恳求陛下让我们的弟弟克拉伦斯得到您

---

① 历史上，白金汉公爵的祖母安妮·内维尔（Anne Neville）与理查的母亲西塞利·内维尔（Cicely Neville）是亲姐妹，都是威斯特摩兰伯爵拉尔夫·内维尔（Ralph Neville, Earl of Westmoreland）之女。

② 斯凯尔斯勋爵（Lord Scales）实为里弗斯勋爵的另一爵位封号，而莎士比亚误以为另有其人。

	的恩典。①
格罗斯特	夫人,在这威严的场合,我为此事主动献爱心,为何受到如此嘲弄?谁不知道这位仁慈的公爵死了?(众人皆惊。)您拿他的尸体打趣,分明是侮辱。
爱德华四世	谁不知道他死了!谁知道他死了?
伊丽莎白	眼见一切的上天,这是个什么世界!
白金汉	我的脸色,多赛特大人,像别人一样苍白?
多赛特	嗯,我高贵的大人,在场没有谁脸上的血色不离弃双颊。
爱德华四世	克拉伦斯死了?命令已经撤了。
格罗斯特	可是他,可怜的人,死于您的第一道命令,那命令由一位长翅膀的墨丘利②送达。哪个迟缓的瘸子送的第二道撤销令,太迟了,都没看见他下葬。愿上帝允准,那些比倒霉的克拉伦斯少了高贵、少了忠诚,虽无王室血缘,却更有嗜血念想的人,命运更惨,但他们却像合法货币一样流通,不受怀疑③。

---

① 指将克拉伦斯释放。

② 墨丘利(Mercury):罗马神话中主神朱庇特的信使,头戴插有双翅膀的帽子,脚穿飞行鞋,行走如飞。

③ 格罗斯特意在将克拉伦斯之死嫁祸于伊丽莎白及其同伙。

[(德比伯爵)斯坦利勋爵上。]

斯坦利　　　　我的君王，为我以往的辛劳，答应我一个
　　　　　　　请求！（跪地。）

爱德华四世　　请你安静。我的灵魂充满悲伤。

斯坦利　　　　陛下若不肯听我说，我不起身。

爱德华四世　　那马上说，所求何事。

斯坦利　　　　（起身。）君王，我的仆人性命难保，他今天杀
　　　　　　　了诺福克公爵新雇的一个蛮横的仆人。

爱德华四世　　一条舌头刚判了我弟弟死刑，难道再用那
　　　　　　　舌头赦免一个奴隶？我弟弟没杀人，——
　　　　　　　他错在心存念想，却落个惨死的惩罚。谁
　　　　　　　替他向我求过情？有谁，在我一怒之下，跪
　　　　　　　在我脚前，叫我三思而行？谁提过手足情
　　　　　　　深？谁提过兄弟之爱？谁对我说过，这可怜
　　　　　　　的灵魂怎样背叛强大的沃里克，为我而
　　　　　　　战？谁对我说过，在图克斯伯里战场，当牛
　　　　　　　津①把我打倒在地，他救了我，并说"亲爱
　　　　　　　的哥哥，活下去，当国王。"谁对我说过，当
　　　　　　　我们俩躺在战场，即将冻死之际，他怎样
　　　　　　　拿他的战袍把我包起，却把穿单衣、裸着

————————————

　　①历史上，第十三世牛津伯爵约翰·德·维尔（John de Vere, 13th Earl of Oxford, 1443—1513)在图克斯伯里之战前，已逃往法兰西。

斯坦利　　我的君王，为我以往的辛劳，答应我一个请求！（跪地。）

爱德华四世　请你安静。我的灵魂充满悲伤。

斯坦利　　陛下若不肯听我说，我不起身。

身的自己,交给能把人冻僵的寒夜?这一切
全从我兽性暴怒的记忆里罪恶地拔掉了,你
们竟没有一人出于好心给我提过醒。但当你
们的车夫或侍从跟班醉酒杀人,毁坏了我们
亲爱救世主造出来的宝贵形象,你们便立刻
跪到我脚下乞求赦免,赦免。而我,没什么公
正,非答应不可。(斯坦利起身。)但你们没一个
人愿为我弟弟说句话,我也一样,薄情寡义,
没替他对我自己说句话,可怜的灵魂。他活
着时,你们中最显耀的人也沾过他的光,但
你们竟无人为他能活命求过一次情。——
啊,上帝!只怕上帝的公道会因此抓住我和
你们,抓住我的,还有你们的亲人!——来,
海斯汀,扶我去寝室。——啊,可怜的克拉
伦斯!(国王、王后、海斯汀、里弗斯、多赛特,及格雷下。)

格罗斯特 这是鲁莽结的果!——你们没留意到,一听
克拉伦斯死了,王后那伙有罪的亲族满脸煞
白?啊,他们不断撺掇国王下手!上帝会复仇
的。——来,诸位大人,可愿与我一同去抚
慰爱德华国王?

白金汉 我们乐意奉陪。(同下。)

第二场

伦敦，王宫中一室

[年老的约克公爵夫人，克拉伦斯的幼子(爱德华·普朗塔热内)、幼女(玛格丽特·普列塔热内)上。]

爱德华　好祖母，告诉我们，我们的父亲死了吗？

公爵夫人　没，孩子。

玛格丽特　那您为何经常落泪，捶着胸口，哭喊"啊，克拉伦斯，我不幸的儿子！"

爱德华　我们高贵的父亲若还活着，您为何望着我们摇头，叫我们孤儿、苦命儿、被上天抛弃的孩子？

公爵夫人　我的乖孙儿孙女，你俩误会了。我那是在为国王的病哀伤，怕失去他，并不是为你们父亲的死。为死去之人悲伤哀号，徒劳无益。

爱德华　那您认定，我的祖母，他死了。这要怪国王，我的伯父。上帝要为此复仇，我要凭全心地虔诚祈祷,强求他完成复仇。

玛格丽特　　我也一样。

公爵夫人　　安静,孩子们,安静!国王其实很爱你们。不知深浅、天真的傻孩子,你们猜不出是谁造成了你们父亲的死。

爱德华　　能猜出来,祖母。因为我好心的格罗斯特叔叔告诉我,是国王受了王后挑唆,捏造罪名,把他囚禁。叔叔这么说着,哭了,他怜悯我,慈爱地吻我脸颊,叫我像对亲生父亲一样依靠他,他也会像对亲生儿子一样怜爱我。

公爵夫人　　啊!欺骗竟能窃取这么高贵的外表,凭一副贤德的面具深藏罪恶!他是我儿子——嗯!这正是我的耻辱。但这一欺骗,可不是从我奶头儿里吸来的。

爱德华　　祖母,您觉得我叔叔在掩饰什么?

公爵夫人　　对,孩子。

爱德华　　真不敢想。(内哀泣声。)——听,这什么声音?

(伊丽莎白王后披头散发上,里弗斯与多赛特随上。)

伊丽莎白　　啊!不让我悲号、哭泣,不让我痛斥命运、折磨自己,谁拦得住?我要和黢黑的绝望联手,与我的灵魂作对,变成自己的敌人。

公爵夫人　　这场野蛮暴怒的戏,什么意思?

伊丽莎白　　演一幕暴力的惨剧。——爱德华,我的夫

伊丽莎白　啊！不让我悲号、哭泣，不让我痛斥命运、折磨自己，谁拦得住？

君,你的儿子,我们的国王,死了!①没了根的
树枝,为何还在生长?缺了汁的树叶,为何还
不枯萎?②你们若想活,哀悼;若想死,赶快,
好让我们插翅的灵魂飞快追上国王的灵魂。
或者,像忠顺的臣民,随他进入黑夜永不变
的新王国。

公爵夫人　　啊!你的悲伤我感同身受,因为对你高贵的
丈夫我有母后的身份。我也曾为一个值得尊
敬的丈夫③哭泣,靠望着他留下的几个影子④
度日。可眼下,映射他尊贵形象的两面镜子,
已被恶毒的死神打碎⑤,我只剩一面虚假的
镜子⑥聊以自慰,一在他身上眼见自己的耻
辱,便痛心不已。你是一个寡妇,却还是一位
母亲,有留下的孩子们安慰你。而死神从我
怀里夺去丈夫,又从我虚弱的手里,抢走了

---

①历史上,克拉伦斯死于1478年2月,爱德华四世死于1483年4月9日,相
距五年多。出于剧情需要,两者在舞台上发生在了同一时期。

②参见《新约·约翰福音》15:5:"我是葡萄树,你们是枝子。常跟我联结,我也常跟他联
结,必结出很多果实。……那不常跟我联结的人要被扔掉,像枯萎的枝子被扔掉。"

③指自己死去的丈夫老约克公爵。

④他留下的几个影子(his images):即他的四个儿子爱德华、乔治、理查和拉特
兰。一般认为儿子是父亲的影子。

⑤被打碎的两面镜子指已死去的二儿子乔治(克拉伦斯)和刚去世的爱德华四世。

⑥一面虚假的镜子指自己相貌丑陋、奇形怪状的三儿子驼背理查。因理查长得
丑,不像父亲,在公爵夫人眼里,他只是"一面虚假的镜子"。

两根拐杖，——克拉伦斯和爱德华。啊！你的悲伤只是我的呻吟的一小部分，我更有理由胜过你的悲恸，压倒你的哭喊！

爱德华 (向王后。)啊，伯母，您不为我们父亲的死流泪，我们如何以亲情的泪水帮您？

玛格丽特 丧父之痛，无人为我们哀悼。——(向王后。)寡妇丧夫之痛，同样无人哭泣。

伊丽莎白 不用帮我哀悼，我并非不能养育伤悲。所有泉水一下汇聚我双眼，我，受了支配潮汐的月亮的控制①，可以淌出丰饶的泪水淹没世界！啊！为了我的丈夫，为了我亲爱的爱德华！

爱、玛二人 啊！为了我们的父亲，为了我们亲爱的克拉伦斯！

公爵夫人 哎呀！为了他们俩，两个都是我儿子，爱德华和克拉伦斯！

伊丽莎白 除了爱德华，我有何指望？他死了。

爱、玛二人 除了克拉伦斯，我们有何指望？他死了。

公爵夫人 除了他们俩，我有何指望？他俩都死了。

伊丽莎白 从没一个寡妇有过如此痛心的损失！

爱、玛二人 从没一双孤儿有过如此痛心的损失！

---

① 女性月经之来去，犹如潮汐涨落受月亮控制。

公爵夫人　　　从没一个母亲有过如此痛心的损失。哎呀！身为母亲，这些悲痛我都有！他们是单个的伤悲，我是整个的悲伤。她为一个爱德华落泪，我也落泪；我为一个克拉伦斯哭泣，她却不。这两孩子为克拉伦斯流泪，我也流泪；我为一个爱德华流泪，他们却不。——哎呀！你们仨，我有你们三倍的苦痛，把泪水都倒给我！我来给你们的悲伤当奶妈，我要用恸哭把它喂饱。

多赛特　　　　(向王后。)放宽心，亲爱的母亲。您对上帝所为不知感恩，会惹他不高兴。在日常杂事儿上，对一只慷慨之手乐善好施，死乞白赖不愿偿还，这叫忘恩负义。这样与上天作对，更是知恩不报，因为它把国王借给您，这笔债要收回去。①

里弗斯　　　　夫人，您要像一个体贴的母亲，为您的儿子、年轻的亲王着想。立刻派人把他接来，让他加冕为王。您的安心日子系在他身上。把绝望的悲伤淹死在已死的爱德华的墓穴里，把您的快乐种植在活着的爱德华的王座上。

(格罗斯特、白金汉、斯坦利、海斯汀、拉特克利夫及其他人上。)

---

①生命乃上帝所赐，好比所欠的债，上帝需要时要偿还。

格罗斯特　　（向王后。）嫂嫂，安心。我们都有理由为闪亮
　　　　　　之星①变暗而悲号，但没人能凭悲号治愈创
　　　　　　伤。——（向公爵夫人。）夫人，我的母亲，请您
　　　　　　原谅，没看见您。我谦恭下跪，恳求您祝福。
　　　　　　（跪下。）

公爵夫人　　愿上帝祝福你，把温顺、友爱、慈悲、服从和
　　　　　　忠诚的责任，放入你心窝。②（理查起身。）

格罗斯特　　阿门。③——（旁白。）还有，让我以一个好心的
　　　　　　老者善终而亡！——母亲的祝福常以那一
　　　　　　句收尾。奇怪，她把这个恩典漏掉了。④

白金汉　　　沮丧的亲王们，伤心的贵族们，你们共同担
　　　　　　负这沉重的悲吟，眼下，在彼此友爱中相互
　　　　　　振作。虽说我们已耗尽这位国王的收获，但
　　　　　　我们要从他儿子那里收获果实。你们肿胀的
　　　　　　仇恨造成的分裂的敌意，最近刚用夹板包
　　　　　　扎、打结、接在一起，务必精心维护、珍惜、照

---

　　①闪亮之星（shinning star）：指过世的爱德华四世。旧时，人们以为生命都有与
之相对应的天上星辰。

　　②参见《新约·提摩太前书》6:11："你是上帝所重用的人，……要追求正义、虔
敬、信心、爱心、忍耐和温柔。"

　　③基督徒祈祷时的结束语，意即"但愿如此"。

　　④此句直译为"我奇怪她把它漏掉了。"（I marvel that her grace did leave it out.）但
此处，格罗斯特有诡辩之意，因"grace"既有对"公爵夫人"（duchess）尊称之意，亦有
"宗教美德"（religious virtue）之意。

料。我看现在最好派几个随从,立即前往拉德洛①,把年轻的亲王接到伦敦来,为他加冕做我们的国王。

里弗斯　　　为何只派几个随从,我的白金汉大人?

白金汉　　　以圣母马利亚起誓,大人,以免派出大量随从,刚治好的恶意的伤口又要破裂。但凭眼下,新王国尚未控制,一旦破裂那十分危险。当每匹马都要挣脱缰绳操控,由它自己的性子奔驰之际,出于对可能的、和实际危害之担心,以我之见,不可不防。

格罗斯特　　我希望国王已使我们所有人言归于好,这个约定是牢靠的,我忠实信守。

里弗斯　　　我也是,我想,大家都如此吧。不过,既然只是新约定,便不该让它有明显破损的可能,派大量随从前往,也许会促成这种可能。因此,我同意高贵的白金汉所说,适于派少量随从去请亲王。

海斯汀　　　我也同意。

格罗斯特　　那就这么办。现在决定派谁立刻火速前往拉德洛。——(向王后。)夫人——(向公爵夫人。)还有

---

①拉德洛(Ludlow):英格兰西部什罗普郡(Shropshire)一城堡,靠近威尔士边境,当时爱德华四世之子爱德华亲王的住地。

您,我的母亲——对这事儿你们可愿拿个主意?(除白金汉与格罗斯特,众下。)

白金汉　　大人,甭管谁去接亲王,看在上帝的分上,咱们俩不可都待在家里。因为一路之上,我要瞅准机会,把王后那伙儿骄傲的亲族与亲王分开,作为我们最近所谈那个故事的引言。

格罗斯特　我的另一个自己,替我拿主意的智囊高参①,我的神谕,我的先知!——我亲爱的老兄,我,要像个孩子似的,由你引导前行②。那就去拉德洛吧,我们可不能落在后面。(同下。)

---

① "替我拿主意的智囊高参"(my counsel's consistory):直译为"我内心想法的会议室",意思相当于今天的"我的智囊"。梁实秋译为"我的参谋本部"。

② 参见《旧约·撒母耳记下》16:23:"在那些日子里,大家认为亚希多弗所出的主意都像是从上帝来的话;大卫和押沙龙两人都听从他。"

第三场

伦敦，一街道

(二市民分上，相遇。)

市民甲　　早上好，邻居。这么匆忙去哪儿？

市民乙　　说实话，我自己也搞不清。您听到外边有什么
　　　　　消息？

市民甲　　嗯，——国王死了。

市民乙　　坏消息，以咱们的圣母起誓，随之而来没好事
　　　　　儿。恐怕，恐怕，这将是一个多变的世界。

(市民丙上。)

市民丙　　邻居们，愿上帝与你们同在！

市民甲　　愿上帝赐您好日子，先生。

市民丙　　高贵的爱德华国王死了，消息可靠吗？

市民乙　　嗯！先生，太可靠了。愿上帝帮助我们。

市民丙　　那先生们，等着瞧一个动乱的世界。

市民甲　　不，不，凭上帝之恩典，他儿子要继位了。

市民丙	由孩子来管,那个国要倒霉! ①
市民乙	王权的希望在他身上,没成年,由他名下的枢密院代管,等完全成熟了,自己亲政,没说的,这么一来,前后都管好了。
市民甲	亨利六世在巴黎加冕那会儿, 才九个月大②,就这么个情形。
市民丙	这么个情形? 不,不,好朋友们,上帝知晓,因为那会儿这国家满朝都是出名的贤明可敬之能臣,国王有几个贤德的叔叔做他监护人。
市民甲	哎呀,这个国王也一样,爹妈两边儿叔伯娘舅不少。
市民丙	最好都来自父亲那边儿,或者,干脆父亲那边儿一个没有。因为假如上帝不阻止,他们为了谁跟国王最亲近,一争高下,那对我们影响太大了。啊,格罗斯特公爵充满危险!王后的儿子和兄弟们傲慢骄狂,他们若能听从王命,而不操控王命,这个衰弱的国家还可以像从前一样安详。
市民甲	行了,行了,咱们老担心情况变糟。一切都会

---

① 参见《旧约·传道书》10:16:"国啊,当你的国王是个孩子,你的亲贵清早欢宴,哎呀,你要倒霉了!"

② 历史上,1422 年 10 月,不到一岁的亨利六世在巴黎称王,1430 年,在巴黎举行加冕典礼时已经九岁。

好的。

市民丙　一见起了阴云,聪明人就披上斗篷①。大叶子一落,那是冬天近了。太阳西沉,谁不期待夜色?过早下暴雨叫人等着闹饥荒。但愿一切都会好。不过,假如上帝注定如此,那便是我们不配得到的,或者,超出我们的预期。

市民乙　真的,人人满心恐惧。您想找个不担惊受怕之人谈一下,根本不可能。

市民丙　变天之前,总是这样子。凭一种神奇的本能,人心能预料正在迫近的危险。凭经验来说,猛烈的暴风雨到来之前,必见海水上涨②。还是把一切交给上帝吧! ——你们去哪儿?

市民乙　以圣母马利亚起誓,有人通知我们去见法官。

市民丙　我也是。那咱们一道去。(同下。)

---

① 斗篷(cloaks):旧时的披风。

② 参见《新约·路加福音》21:25—26:"那时候,太阳、月亮、星星都要显出异象。地上的国家都要因海洋的怒啸而惊慌失措。"

第四场

伦敦,王宫中一室

[约克大主教、年轻的约克公爵①、王后伊丽莎白及(约克)公爵夫人上。]

大主教　　我听说,昨晚他们在斯托尼斯特拉福德②过夜,今夜在北安普顿歇一晚,明天,或后天,就到这儿了。

公爵夫人　我满心盼着见到王子,希望他比我上次见时高了不少。

伊丽莎白　但我听说没多高。他们说,我儿子约克长得几乎超过他了。

约克　　　是的,母亲,可我不想这样。

公爵夫人　哎呀,我的好孙儿,长大是好事儿。

约克　　　祖母,有天晚上,我们正坐着吃饭,舅舅里弗

① 爱德华四世与伊丽莎白王后所生第二个儿子。
② 斯托尼斯特拉福德(Stony Stratford):位于白金汉郡的一个小镇。

斯说起,我怎么长得比我哥哥还高。"对呀,"
我叔叔格罗斯特接话说,"小香草①多可爱,
大野草长得快。"那以后,我就想,我可不愿
长这么快,因为芳香的花儿长得慢,杂草蹿
得快。

公爵夫人　　　　真是,真是,这说法用在拿来说你的那人身
　　　　　　　上不管用。他小时候长得一副可怜样儿,老
　　　　　　　长时间也长不大,还长得不急不慌,假如他
　　　　　　　说的这规律是真的,他就该是个贤德之人。

大主教　　　　　无疑,他是这样的人,我仁慈的夫人。

公爵夫人　　　　我希望他是,不过却让做母亲的怀疑。

约克　　　　　　现在,以我的信仰起誓,当时若能想起来,我
　　　　　　　该反过来讥讽我叔叔,嘲讽他长大,要比他
　　　　　　　嘲讽我更带刺儿。

公爵夫人　　　　怎样,我的小约克? 请说来听听。

约克　　　　　　以圣母马利亚起誓,听人说我叔叔长得很快,
　　　　　　　刚生下两个小时,就能啃面包皮②。我整整两
　　　　　　　年才长一颗牙。祖母,这个玩笑能咬人③。

公爵夫人　　　　可爱的约克,请问这是谁跟你说的?

_____

　　①香草(herb):一种名贵的能做药用的药草。

　　②据多种史料记载,理查出生时嘴里长了牙,被视为反常的不祥之兆。

　　③直译为"这是一个咬人的玩笑(a biting jest)",暗讽理查一出生就长出咬人的
尖利牙齿。

约克	他的奶妈,祖母。
公爵夫人	他的奶妈?哎呀,你没出生,她就死了。
约克	若不是她,我也说不清是谁。
伊丽莎白	好一个小精灵鬼!——打住,您舌头太尖刻了。
公爵夫人	高贵的夫人,别跟孩子赌气。
伊丽莎白	小水罐儿耳朵长。①

(一信差上。)

大主教	来了个信差。——有什么消息?
信差	一禀告就令我伤心的消息,大人。
伊丽莎白	亲王怎么样?
信差	很好,夫人,身体健康。
公爵夫人	你有什么消息?
信差	里弗斯勋爵和格雷勋爵被送往庞弗雷特②,跟他们一起的还有托马斯·沃恩爵士,都成了囚犯。
公爵夫人	谁抓的他们?
信差	两位强大的公爵,格罗斯特和白金汉。
大主教	什么罪名?
信差	我知道的全说了。三位贵族为何或因何被

---

① 此为谚语"小水罐,大长把儿(耳朵长)"。伊丽莎白挖苦小约克耳朵长,偷听大人谈话。

② 庞弗雷特(Pomfret):即约克郡的庞蒂弗拉克特(Pontefract)城堡。

抓,我一无所知,仁慈的大人。

伊丽莎白　呜呼!眼见我的家族要毁灭。老虎现在抓住了温顺的母鹿,恐吓的暴政开始悬在天真、难以令人敬畏的王座①之上。欢迎,毁灭、血腥和残杀!像画在地图上一样,我看到了一切的终结。

公爵夫人　受诅咒的、吵闹不安的日子,我的双眼见得何其多!我丈夫为得王权丢了命,我的儿子们也屡次被扔上抛下,叫我随着他们的得与失欢笑和哭泣。王权已得,内乱清净消停,征服者之间,又要开战,兄弟跟兄弟,血亲跟血亲,自己对自己。啊!荒谬、疯狂的暴力,停止你该受诅咒下地狱的暴怒,否则,让我死去,别再看世间惨象!

伊丽莎白　(对约克。)来,来,我的孩子,咱们去圣所②避难。——(向公爵夫人。)夫人,再会。

公爵夫人　等一下,我跟你们一起去。

伊丽莎白　您用不着去。

大主教　(向王后。)仁慈的夫人,去吧,珠宝财物随身带

---

① 指爱德华亲王。

② 圣所(sanctuary):专指教堂或其他神圣的场所用来避难的地方。旧时,躲在圣所的避难者可依法享有不被逮捕的豁免权。此处圣所,指威斯敏斯特教堂内的避难处。

好。至于我,要把我保管的国玺①托付给您。愿我的命运仰赖于对您和您家人的关切! 走,我引你们去圣所。(同下。)

---

① 国玺(seal):即英格兰的王国大印(great seal of England),大主教为官方指定的保管人。

第三幕

第一场

伦敦，一街道

[号角响起。年轻的威尔士(爱德华)亲王、格罗斯特公爵、白金汉、凯茨比、红衣主教鲍彻及其他上。]

白金汉　　　　仁慈的亲王，欢迎来到伦敦，您的王者居所①。

格罗斯特　　　欢迎，侄儿，我心目中的君王。疲惫的旅途使您郁闷。

亲王　　　　　不，叔叔，但路上遇到麻烦②，才使旅途变得枯燥、乏味和沉重。这下少了更多叔舅在这儿欢迎我。

格罗斯特　　　仁慈的亲王，您美德未受玷污之年，尚未潜入世间之欺诈。一个人除了他的外表，您无

---

①王者居所(chamber, i.e. the chamber of the king)：自诺曼底公爵威廉 1066 年征服英格兰之后，伦敦即有了"王者居所"(拉丁语"camera regis")之称谓。

②麻烦：指里弗斯、格雷和沃恩被捕一事。此处"麻烦"(crosses)有"十字架"之意，或暗指遇到像耶稣背负十字架那样的"麻烦"。参见《新约·马太福音》16:24：耶稣对门徒说："若有人跟从我，就得舍弃自己，背起他的十字架来跟从我。"

法识别更多,外表嘛——上帝知晓——很少或从不与内心一致①。您想见的那几个叔舅都充满危险。殿下听了他们的甜言蜜语,却看不到他们心里的毒药。上帝保佑您远离他们,远离这类虚假的朋友。

亲王　　　上帝保佑我远离虚假的朋友,可他们谁也不是。

格罗斯特　殿下,伦敦市长来欢迎您了。

(伦敦市长上。)

伦敦市长　上帝保佑殿下度过健康、快乐的日子!

亲王　　　谢谢您,高贵的大人。——谢谢你们大家。

(市长及随从退后。)——原来想我母亲和我弟弟约克会老早到这儿,在半路迎接我们。嘿!海斯汀真是一条懒虫,也不来说一声他们到底来不来。

(海斯汀上。)

白金汉　　真巧,这位满头流汗的大人来了。

亲王　　　欢迎,大人。怎么样,我母亲来吗?

海斯汀　　上帝知晓,我也不知为何,您母后和您弟弟约克都逃入圣所避难了。年轻的王子很想跟我一同前来迎接殿下,却被他母亲强行

---

① 参见《旧约·撒母耳记上》16:7:"可是上主对撒母耳说:'不要注意他高大英俊的外表。我没有选他,因为我不像世人那样审断人。人看外表,我看内心。'"

留下。

白金汉　呸！她这真是一种迂回的任性胡为！——红衣主教大人，阁下可愿去劝说王后，立刻把约克公爵送到他亲王哥哥这儿来？——她若拒绝，海斯汀大人，你一同去，从她猜忌的怀里，把他硬抢过来。

红衣主教　白金汉大人，倘若我无力的言辞能把约克公爵从他母亲那儿赢过来，他很快就会来这儿。但她若对温和的恳请执意不从，上帝不许我们侵犯受祝福之圣所的神圣特权！拿整个王国来换，我也不犯如此大罪。

白金汉　你太固执无理，大人，太在乎形式和传统，只要拿当今的粗俗标准来衡量，您去圣所抓他，不算违反特权。对那些因其所为理应在此处避难之人，对那些脑子聪明且要求在此处避难之人，圣所一向准予庇护。这位王子既没要求庇护，也不应得此庇护。因此，以我之见，他不能在此避难。于是，把一个不能在那儿避难之人从那儿抓走，您不算违反圣所的特权和章程。我常听说有大男人在圣所避难，直到现在还没听说有孩子跑去圣所避难。

红衣主教　这回您支配了我的想法。——来吧，海斯汀

	勋爵,您愿与我同去吗?
海斯汀	我去,大人。
亲王	高贵的二位大人,请你们尽速前去。(红衣主教鲍彻与海斯汀下。)——假定说,格罗斯特叔叔,如果我弟弟来了,加冕典礼之前,我们住在哪儿?
格罗斯特	住在最适合您这尊贵之身的地方。我如果可以向您提议,殿下不妨先在伦敦塔安顿一两天,然后便随您所愿,凡您觉得最适宜健康和消遣的地方,去哪儿都成。
亲王	随便换哪儿都成,我不喜欢伦敦塔。——(向白金汉。)大人,那地方是尤里乌斯·恺撒①建造的吗?
白金汉	仁慈的殿下,那地方是他开始建的,后来每朝都有改建。
亲王	有记载,还是一代一代相传,说成他建的?
白金汉	有文字可查,我仁慈的殿下。
亲王	可假定说,大人,即便没有记载,真相还是会世代存活,由后世子孙代代相传,直到世界末日。

---

① 恺撒(Julius Caesar,前 100—前 44),史称恺撒大帝,罗马共和国末期的军事统帅、政治家,罗马帝国的奠基者。

亲王 　　随便换哪儿都成,我不喜欢伦敦塔。——(向白金汉。)大人,那地方
　　　　是尤里乌斯·恺撒建造的吗?
白金汉 　仁慈的殿下,那地方是他开始建的,后来每朝都有改建。

格罗斯特	*（旁白。）* 如此聪慧，如此年轻，听人说，命不长久①。
亲王	您说什么，叔叔？
格罗斯特	我说，没文字记载，名声也能长久。——*（旁白。）* 这一来，我就像道德剧里的"罪恶"，也叫"邪恶"，从一个词教化出两个意思②。
亲王	那尤里乌斯·恺撒是个名人。他凭其神勇使智慧富足，又凭其写下的智慧使神勇留存。死神无法征服这位征服者，因为现在，他虽不在人世，却在名声存活。我要告诉您，我的白金汉叔父——
白金汉	什么，我仁慈的殿下？
亲王	如能长成一个男子汉，我将重新赢回我们在法兰西的古老权利，否则，像我生为国王一样，做一名赴死疆场的士兵。
格罗斯特	*（旁白。）* 春天来得早，夏日通常短。③

（小约克、海斯汀与红衣主教鲍彻上。）

---

① 源自谚语"人太聪明活不长。"（too soon wise to live long.）

② "罪恶"（Vice），亦称"邪恶"（Iniquity），是常在传统"道德剧"里出现的一个丑角，手持一柄木剑，寓教化于插科打诨之中，逗人一笑。格罗斯特暗指自己像旧道德剧里的小丑一样，在"文字"（characters）这个词上玩起了一词双义，即"文字"有二义：1."文字"（characters），即此处的"文字记载"；2."名声"（fame, i.e. good moral character）。

③ 意即人早熟，命不长。

白金汉	喂,多凑巧,约克公爵来。
亲王	约克的理查,我高贵的弟弟,你好吗?
约克	很好,我亲爱的主上。——现在非得这样称呼您了。
亲王	是的,弟弟,——我为此悲伤,你也一样。本该保持那个称号的人刚死不久,他的死使那个称号丢掉多少威严!
格罗斯特	我的侄儿,高贵的约克公爵,你好吗?
约克	我感谢您,仁慈的叔叔。啊,大人,您说过没用的杂草长得快。我这位尊贵的哥哥长得比我高多了。
格罗斯特	他高,我的殿下。
约克	所以,他是没用的杂草?
格罗斯特	啊,我尊敬的侄儿,我肯定没这么说。
约克	那他要比我更仰仗您?
格罗斯特	他可以凭其君王之身命令我,您也可以拿我当一个亲属来使唤。
约克	我恳求您,叔叔,将这把短剑给我。
格罗斯特	我的短剑,小侄儿? 全心奉上。
亲王	当个叫花子,弟弟?
约克	向我好心的叔叔讨要,我知道他会给。一件小东西罢了,给了也不会伤心。
格罗斯特	我倒愿给我侄儿一件更大的礼物。

约克	一件更大的礼物？啊！要为短的配上一把长的。
格罗斯特	嗯，高贵的侄儿，若不嫌太重。
约克	啊，那我明白了，您只送轻礼，如果东西重了，您就对叫花子说不。
格罗斯特	对阁下来说它太重，无法佩戴。
约克	就算重了，我也拿它当小东西。
格罗斯特	怎么，小殿下，您想要我的武器？
约克	我想，那我就能像您称呼我一样感谢您了。
格罗斯特	怎么感谢？
约克	小小感谢。
亲王	我的约克大人老爱说反话。——叔叔，您知道怎么容忍他。
约克	您意思是，对我能容，不能忍。——叔叔，我哥哥在嘲笑您和我。因为我长得小，像个猴子，他觉得您该把我驮①肩膀上。
白金汉	(向海斯汀旁白。)他话里带着一种怎样睿智的锋芒！他为淡化自己对叔叔的嘲弄，聪明而恰当地自我讥讽。如此狡黠，如此年轻，妙哉。

---

① 此处两句对话，莎士比亚意在以"容忍"（bear with）一词玩双关："bear"有"忍受"（容）和"担负"（驮）二义。另，当时宫廷和贵族常豢养小丑（fool）以供逗笑取乐之用，小丑肩上常蹲坐一只小猴儿。小约克在此暗讽格罗斯特是一个傻瓜（fool）。

格罗斯特	殿下,请您这就过去? 我和高贵的白金汉兄弟要去你母亲那儿, 请她在伦敦塔与您相见,并欢迎您。
约克	怎么,您要去伦敦塔,大人?
亲王	护国公大人一定要我去。
约克	在伦敦塔我会睡不踏实。
格罗斯特	咦,有什么好怕吗?
约克	以圣母马利亚起誓,怕我叔叔克拉伦斯愤怒的幽灵。祖母告诉我,有人在那儿害死了他。
亲王	死去的叔叔们,我才不怕。
格罗斯特	活着的也一个别怕,我希望。
亲王	假如他们活着,但愿我用不着怕。但走吧,大人,我以一颗沉重的心,想着他们,去伦敦塔。

(一声号角。除格罗斯特、白金汉与凯茨比,众下。)

白金汉	您觉得,大人,这个唠叨不止的小约克,莫非受了他狡猾的母亲的挑唆,才这样嘴不干净地讥讽、嘲笑您?
格罗斯特	不用怀疑,毫无疑问。啊!好一个危险的鬼精灵。大胆、敏锐、机灵、早慧、聪颖,从头到脚趾,跟他母亲分毫不差。
白金汉	好吧,不说他们了。——到这儿来,凯茨比,你曾立下重誓,做我们要你做的事,对我们

所说严守秘密。我们一路①商谈,你知道的,
有什么想法? 叫威廉·海斯汀勋爵与我们一
条心,让这位高贵的公爵在这著名海岛的王
座上就职,不是一件容易的事吗?

凯茨比　　因他父亲之故②,他十分爱亲王,任何反对亲
王的事,都难以说服他。

白金汉　　那你觉得斯坦利如何? 他会答应吗?

凯茨比　　海斯汀怎么干,他就怎么干,一模一样。

白金汉　　那好,话不多说,就这样,去,高贵的凯茨比,
拐着弯儿试探海斯汀勋爵,对我们的意图报
什么立场,并召他明天到伦敦塔,协商加冕
典礼之事。若发现他顺从我们,你就鼓励他,
把我们的谈话都告诉他。他若迟滞、冰冷,心
有不甘,你也随声附和,打住话题,把他的意
向知会我们一声。因为明天我们分头开会③,
还要仰仗你出关键之力。

格罗斯特　代我问候威廉勋爵④。告诉他,凯茨比,那伙
长期跟他作对的危险敌人,明天要血溅庞弗

---

①指从拉德洛到伦敦的路上。

②海斯汀的父亲曾为爱德华四世效忠。

③据托马斯·莫尔《理查三世的历史》记载,理查让忠于国王的人在贝纳德城堡
(Baynard's Castle) 开始商讨加冕典礼之事, 他与同谋心腹在克罗斯比宫(Crosby
Palace)开会,协商拥立护国公(即他自己)为国王。后者为秘密会议。

④即海斯汀。

雷特城堡。请我的大人,为这个欢心的好消息,再给绍尔夫人①一个温柔的吻。

白金汉　高贵的凯茨比,去吧,把这件事办妥。

凯茨比　二位高贵的大人,我尽心去办。

格罗斯特　凯茨比,睡觉之前,我们能等到你的回音吗?

凯茨比　能,大人。

格罗斯特　克罗斯比宫,您在那儿,能找到我们俩。(凯茨比下。)

白金汉　现在,我的大人,若察觉海斯汀勋爵不屈从咱们的密谋,怎么办?

格罗斯特　砍下他脑袋! ——这事儿到时再定。——注意,我一当上国王,你就向我要求赫里福德伯爵领地的所有权②,以及我国王哥哥拥有的全部动产。

白金汉　我会要求阁下履行诺言。

格罗斯特　看吧,我愿以全部盛情来兑现。来,早点儿吃晚饭,然后,再把我们的密谋有条理地安排一下。(同下。)

---

① 简·绍尔(Jane Shore),爱德华四世的情妇,爱德华四世死后,又做了海斯汀勋爵的情妇。

② 理查的这一承诺对白金汉公爵极具诱惑力。

第二场

伦敦,海斯汀勋爵府门前

(一信差上。)

信差　　　(敲门。)大人！ 大人！

海斯汀　　(在内。)谁在敲门?

信差　　　斯坦利大人派我来的。

海斯汀　　(在内。)现在几点钟?

信差　　　刚敲过四点。①

(海斯汀勋爵上。)

海斯汀　　长夜烦闷,斯坦利大人难以安睡?

信差　　　凭我要向您说的话,好像是这样。首先,他让我
　　　　　向高贵的大人问安。

海斯汀　　然后呢?

---

　　①从剧情发展的时间看,这是第一场发生后的次日。历史上,则为1483年6月
12日子夜。

信差　　然后要我告知大人,今夜梦见野猪①撞掉了他的头盔。另外,他说有两个会要分头开,在一个会上做出的决定,可能会使您和他因参加另一个会伤心不已。因此他派我来了解您的意向,——是否愿意立刻骑马,与他一起火速飞奔赶往北方,避开他的灵魂预感到的危险。

海斯汀　　去,朋友,去,回到你主人那儿,叫他别担心分头开会的事。他和我在一处开会,另一处有我的好友凯茨比,那里发生任何与我们相关的事,我不会没有消息。告诉他,他的担心微不足道,没有根据。至于他的梦,我纳闷他如此简单,竟相信睡不安稳时的错觉。野猪没追人先跑,那会激怒野猪追着你跑,它本来不想追,你一跑,它非追不可。去,叫你主人起床,来我这儿,我们要一起去伦敦塔,在那儿他会看到野猪对我们以诚相待。

信差　　我这就去,大人,把您的话带到。(下)

(凯茨比上。)

凯茨比　　祝高贵的大人一早多安②!

海斯汀　　早安,凯茨比,您起得好早。在我们这颤颤巍巍

---

① 野猪是理查纹章上的图案。

② 一早多安(many good morrow):此为凯茨比向海斯汀打趣地问早安。

的国家,有什么消息,有什么消息?

凯茨比　这是个跟跟跄跄的世界,真的,大人,我相信在理查戴上王国的花冠之前,绝对挺不直。

海斯汀　怎么?戴上花冠?你指的王冠?

凯茨比　对,我高贵的大人。

海斯汀　在眼见王冠被人如此恶毒地错戴之前,我愿先把这颗头从双肩上砍掉。但你推测他真瞄准了那东西?

凯茨比　嗯,以我的生命起誓,为赢得那东西,他希望见到您站在他一边。因此,他给您送来这个好消息:——就今天,您的敌人,王后的亲族,必死于庞弗雷特。

海斯汀　真的,我不为那个消息悲伤,因为他们向来与我为敌。但要我发声站在理查一边,阻止我主上①子孙的合法继承权,上帝知晓,我不会干的,死也不干!

凯茨比　愿上帝使勋爵大人永葆这一神圣念头!

海斯汀　不过,他们②曾使我招来主上的恨意,能活着看到他们的悲剧,从今天起,这事足够我笑上十二个月。——好了,凯茨比,在两个星期把我变

---

① 主上(master):指爱德华四世。
② 他们(them):指王后及其亲族。

老之前①，我要打发掉几个家伙，出其不意。

凯茨比　　我尊贵的大人，一个人，在毫无准备、稍不留神
　　　　　之际死于非命，真是一件邪恶之事②！

海斯汀　　啊，反常，反常！这样的事落在里弗斯、格雷和
　　　　　沃恩身上，也会落在另一些人身上，他们自以
　　　　　为像你我一样安全。——你知道，你我与尊贵
　　　　　的理查和白金汉都很亲近。

凯茨比　　两位亲王都对您高看一眼。——(旁白。)因为他
　　　　　们把他的脑袋算在伦敦桥③上了。

海斯汀　　我知道他们对我高看一眼，我很配得上。

(斯坦利勋爵上。)

　　　　　(向斯坦利。)来吧，来吧，老弟，刺野猪的枪呢？您
　　　　　怕野猪，就这么毫无防备地去？

斯坦利　　大人，早安。——早安，凯茨比。你可以嘲笑
　　　　　我，但以圣十字架起誓，我不喜欢分头开会，不
　　　　　喜欢。

海斯汀　　大人，我像您一样爱惜自己生命。我得声明，有

---

　　①在两个星期把我变老之前(ere a fortnight make me older)：意即"用不了两个
星期"。

　　②天主教徒将在毫无准备中死去、来不及向上帝祷告，视为邪恶之事。

　　③伦敦桥(the bridge)：犯有叛国罪的罪犯，人头常被挑在高杆之上，在伦敦桥上
示众。示众时，人们自然仰头高看。在此，凯茨比用"高看"(make high account)表达理
查和白金汉对海斯汀敬重，意在双关，即他们将把他的头砍下示众。对于理查和白金
汉，已把海斯汀的头"算"(account)在伦敦桥上。

生之年,我从未像现在这样把生命看得如此宝贵。您想,若非深知我们处境安全,我能这么得意吗?

斯坦利　庞弗雷特里那几个大人,骑马从伦敦出发时,也很快活,自以为处境安全,他们的确没理由猜疑。但您看,天色变阴多快啊。这种突然一箭穿身的仇恨叫我害怕。我祈求上帝,愿你见证我是一个多余的懦夫!怎么,咱们要去伦敦塔吗?时候不早了。①

海斯汀　那好,走吧,与你们同去。——大人,您知道那事儿?您说的那几位大人今天都得砍头。

斯坦利　出于他们的忠诚, 他们顶着脑袋可能比指控他们的某人戴着帽子②更好。算了,大人,我们走吧。

(一随从上。)

海斯汀　你们前头走,我有话跟这位好伙计说。(斯坦利与凯茨比下。)——怎么样,小子③? 日子过得还好吧?

随从　　阁下这一问,更好了。

------

　　①这场戏剧情从凌晨四点开始,此时天色尚早。斯坦利或在为自己的生命担忧,以"时间"(time)暗示自己的"生命"(life),未可知。
　　②帽子(hats):斯坦利在此以帽子暗指理查顶着护国公的官位,或许他心里在惦记这个官位。
　　③小子(sirrah):对自己家里下人的通称。

海斯汀	我告诉你,伙计,眼下我的情形比你上次遇见我时要好。那回,因王后一伙人煽动,我正作为囚犯押往伦敦塔。但现在,我告诉你,——别说出去,——今天我那些敌人都要被处死,我身处的境遇从没这么好过。
随从	愿上帝保佑阁下称心如意。
海斯汀	十分感谢,伙计。拿着,去为我喝一杯。(扔钱袋给随从。)
随从	感谢阁下①。(下。)

一教士上。

| 教士 | 幸会,大人,很高兴见到阁下。 |
| 海斯汀 | 谢谢你,仁慈的约翰牧师,全心感谢。你上次讲经②,我欠了酬劳。(耳语。)下个安息日再来,我一并酬谢。 |

(白金汉上。)

| 白金汉 | 怎么,宫务大臣,跟一个教士聊天?您在庞弗雷特的朋友们,才需要教士,阁下手头儿又没事需要忏悔赎罪。 |
| 海斯汀 | 说真的,一遇上这位圣洁的人,您说的那几块料就进了我脑子。——怎么,您这是去伦敦塔? |

---

① "牛津版"此处作"上帝保佑阁下!"（God save your lordship!）
② 指牧师在做礼拜时布道讲《圣经》。海斯汀在此抱歉因上次牧师讲经时身陷伦敦塔未能前来。

白金汉　　是的，大人，但在那儿不能久留，阁下走之前，我得回去。

海斯汀　　不，也许吧，因为我要在那儿吃午饭。

白金汉　　(*旁白*。)晚饭也得吃，你只是不知情罢了。——怎么，一起去？

海斯汀　　愿奉陪阁下。(*同下*。)

第三场

约克郡,庞弗雷特城堡前

(拉特克利夫,率手持长戟的卫士,押里弗斯、格雷及沃恩去刑场。)

里弗斯	理查·拉特克利夫爵士,让我告诉你这点,——今天,你将看到一个臣属,为真理①、为职责、为忠诚而死。
格雷	上帝保佑亲王免遭你们这伙人所害!你们这一小撮该受诅咒下地狱的吸血鬼。
沃恩	你们活在世上,迟早为此悲鸣。
拉特克利夫	动手。你们活命的大限到了。
里弗斯	啊,庞弗雷特,庞弗雷特!啊,你这血腥的监牢!王公贵族致命的不祥之地!在这儿,你罪恶的围墙内,理查二世被砍死。为使此地遭更多骂名,我们无辜的血给你喝下。

---

① 即《圣经》中的真理。

格雷	现在,玛格丽特的诅咒落在我们头上。当理查刺穿她儿子的时候,我们在旁观,她为此向海斯汀、向你、向我①发下诅咒。
里弗斯	那时她诅咒了理查,那时她诅咒了白金汉,那时她诅咒了海斯汀。啊,上帝,像现在听到她对我们的诅咒一样,记住她对他们的诅咒。感到满足吧,亲爱的上帝,如你所知,我们必须蒙冤洒血,那就凭我们忠诚的血,代替我姐姐和她尊贵的儿子们②。
拉特克利夫	快点儿,你们的死期到了。
里弗斯	来,格雷,来,沃恩,让我们在这儿拥抱。别了,咱们天堂再见。(同下。)

---

① 实际上,在第一幕第三场,玛格丽特并未向格雷发出诅咒。
② 即伊丽莎白王后及其与爱德华四世所生的儿子。

第四场

伦敦,伦敦塔内会议室

(白金汉、斯坦利、海斯汀、伊利主教、拉特克利夫、洛弗尔及其他,围桌而坐。)

海斯汀　　现在,高贵的同僚们,我们之所以开会,意在决定加冕典礼的事。以上帝的名义,请说哪天是皇家吉日?

白金汉　　为这皇家庆典,一切都准备好了吗?

斯坦利　　是的,只差确定典礼日。

伊利主教　我认为明天就是吉祥日。

白金汉　　谁知道护国公大人对此作何打算?谁与这位高贵的公爵私交最好?

伊利主教　我们觉得阁下最懂他的心思。

白金汉　　彼此倒是熟脸,至于内心,他知我心,不比我知你心更多。或者说,我识他心,不比你识我心更多。——海斯汀勋爵,您跟他相交甚厚。

海斯汀	知道他对我厚爱,我感谢公爵大人。但关于他对加冕典礼有何打算,我没问过,他也不曾表达仁慈的意愿。不过,诸位高贵的大人,不妨选定时日,我来代表公爵投一票,相信他会欣然接受。

(格罗斯特上。)

伊利主教	正巧,公爵来了。
格罗斯特	各位高贵的大人及所有亲眷,早安。睡过头儿了。但我深信,我的缺席并非不在意须由我在场才能决定的伟大计划。
白金汉	您若非恰在此时赶来,威廉·海斯汀勋爵便把您这个角色的台词说完了。——我意思是代您投一票,——关于国王加冕的事。
格罗斯特	估计没有谁比海斯汀勋爵更自信,这位阁下很了解我,对我情深谊厚。——伊利大人,上次在霍尔本①时,我见您园子里草莓长得不错,恳请您送我一些。
伊利主教	以圣母马利亚起誓,大人,我满心愿意。(下。)
格罗斯特	白金汉老兄,跟您说句话。(把他拉到一边。)——我们的事,凯茨比探过海斯汀的口风,发现这位固执的先生如此气愤,说他宁愿掉脑

---

① 指伊利主教在伦敦霍尔本(Holborn)区的主教府邸。

袋，也不同意他主上的儿子，——他这么尊
称，——丢掉至尊的英格兰王位。

白金汉　　　您先退一会儿。我与您一同去。(理查与白金
汉下。)

斯坦利　　　这盛大的日子还没确定。明天,在我看来,太
急了。连我自己也没准备那么好,若延后一
天,我好做个准备。

(伊利主教重上。)

伊利主教　　我的大人,格罗斯特公爵在哪儿? 我叫人把
草莓送来了。

海斯汀　　　今天早上公爵的表情透着高兴、亲切,一定
是有了什么主意,或别的高兴事,见了人那
么兴奋地道早安。我看在整个基督教王国,
没一个人比他更藏不住爱或恨, 一见脸色,
便知其心。

斯坦利　　　您凭他脸上透出的快活劲儿, 把他的心看
透了?

海斯汀　　　以圣母马利亚起誓,这儿没人冒犯他,因为,
若有冒犯,他神情里会露出来。

斯坦利　　　我祈祷上帝,但愿如此[1]。

(格罗斯特与白金汉上。)

----

　　[1] 斯坦利这句话"I pray God he be not, I say."在"第一对开本"里没有,此处按"牛
津版"。

格罗斯特　　　请你们告诉我,有人策划要凭该受诅咒下地
　　　　　　　狱的邪恶巫术谋害我,而且,他们凶恶的魔
　　　　　　　咒已对我的身体起了作用,该当何罪?

海斯汀　　　　对阁下所怀温柔之爱,大人,使我当着在场
　　　　　　　诸位亲贵的面斗胆上前, 对有罪之人做出
　　　　　　　判决。不论他们是谁,大人,依我说,都活该
　　　　　　　受死。

格罗斯特　　　那你们亲眼见证他们的邪恶。看我如何被巫
　　　　　　　术所害。(指胳膊。)看,我的胳膊,像一株遭灾
　　　　　　　的树苗,枯萎了。这是爱德华的老婆干的,那
　　　　　　　个妖怪一般的巫婆,伙同那个娼妓,婊子绍
　　　　　　　尔,凭她们的巫术给我打下这标记。

海斯汀　　　　假如她们干了这个事,我高贵的大人,——
格罗斯特　　　假如? 你,这个该受诅咒下地狱的婊子的守
　　　　　　　护者,——竟敢对我说"假如"?你这个叛徒。
　　　　　　　砍掉他脑袋! ——现在, 我凭圣保罗起誓,
　　　　　　　不见他人头, 我不吃饭①。——洛弗尔和拉
　　　　　　　特克利夫②, 这交你们去办。其余凡爱我之
　　　　　　　人,都起身随我来。(除海斯汀,拉特克利夫与洛弗

---

　　　①参见《新约·使徒行传》23:12:"第二天一早,犹太人在一起密谋,发誓不杀掉
保罗,不吃不喝。"
　　　②上一场戏身在庞弗雷特城堡监斩里弗斯、格雷和沃恩的拉特克利夫,又在同
一天出现在伦敦塔,或出场角色有误,也许此处应为"凯茨比"。

格罗斯特　　那你们亲眼见证他们的邪恶。看我如何被巫术所害。(指胳膊。)看,我的
　　　　　　胳膊,像一株遭灾的树苗,枯萎了。

尔,均下。)

海斯汀	祸哉,英格兰有祸了!对我丝毫不足悲,因为我,太蠢,这原本可以防止。斯坦利梦见野猪撞掉我们的头盔,我还挖苦他,鄙视逃跑。今天我那匹全身披挂的战马三次绊腿,抬眼一见伦敦塔,便吓得后退,好似不情愿把我驮进屠宰场。啊,我现在需要那位跟我说过话的牧师!我现在后悔,当时过于狂喜地告诉那个随从,今天我的敌人如何在庞弗雷特遭血腥屠戮,而我自己将安享恩宠。啊,玛格丽特,玛格丽特,眼下你沉重的诅咒落在可怜的海斯汀头上①。
拉特克利夫	行了,行了,赶快。公爵等着吃饭呢。随便忏悔两句,他巴望看到您的头。
海斯汀	啊,凡人追逐瞬间之恩宠,超过追寻上帝之恩典!谁若把希望建在你外在恩宠的虚空里,他便活得像个桅杆上醉酒的水手,冷不丁点下头,就会摔下来,跌入死亡深渊的脏腑②。

---

① 参见《旧约·撒母耳记上》25:39:大卫听说拿八死了,便赞美上帝,说上帝"使拿八的罪回落在拿八头上"。

② 深渊的脏腑(the bowels of deep):此处可能化用《圣经》意象,参见《旧约·箴言》23:34:"你好像漂在海洋中,或躺在桅杆顶上。"

| 洛弗尔 | 够了,够了,赶快。抗议也没用。 |
| 海斯汀 | 啊,血腥的理查!——悲惨的英格兰!我预言,你会看到从未有过的苦难时代里最可怕的时刻。—— |

来,领我去斩首木砧①,把我脑袋给他。

他们现在对我一笑置之,迟早势必丧命。

(同下。)

---

① 斩首木砧(block):(古时)斩首用的垫头木砧,后转义指断头台。

洛弗尔　够了,够了,赶快。抗议也没用。

海斯汀　啊,血腥的理查! ——悲惨的英格兰! 我预言,你会看到从未有过的
　　　　苦难时代里最可怕的时刻。

第五场

伦敦,伦敦塔城墙之上

(格罗斯特与白金汉上,身披锈迹斑斑的铠甲,神情极其难看。)

格罗斯特　　喂,老兄,难道你不身发抖,脸变色,话说一半儿气就断?然后接着说,又接着停,好像心乱神迷,吓得发疯?

白金汉　　　嘘!我能模仿老练的悲剧演员,边说边回头,四处查看,见一根草晃动,便吓得发抖,假装疑虑重重,满脸惊恐,像故意假笑一样,神情随我安排。而且,为装饰我的策略,两者随时准备入戏。但怎么,凯茨比走了?

格罗斯特　　走了,看,他把市长带来了。

(伦敦市长及凯茨比上。)

白金汉　　　市长大人,——

格罗斯特　　看,吊桥那边!

白金汉　　　听,一阵鼓声!

格罗斯特　　　凯茨比,往墙下看。

白金汉　　　　市长大人,请你来的理由,——

格罗斯特　　　回头,保护自己,敌人来了!

白金汉　　　　愿上帝和我们的清白保护和守卫自己!

(洛弗尔与拉特克利夫手执海斯汀首级上。)

格罗斯特　　　冷静,拉特克利夫和洛弗尔,他俩是朋友。

洛弗尔　　　　这是那个卑鄙叛徒,凶恶、诡诈的海斯汀的
　　　　　　　人头。

格罗斯特　　　我曾如此深爱此人,现在却非哭不可。我把
　　　　　　　他当成活在世间的基督徒里,最诚实无害的
　　　　　　　一个造物;当成我的日记本,上面有我灵魂
　　　　　　　的全部秘密记录。他如此圆滑,以美德的外
　　　　　　　表抹去罪恶,以至于,连他那件明显公开的
　　　　　　　罪恶都被漏掉了,——我说的是,他和绍尔
　　　　　　　的老婆通奸,——他活在世上,竟能一切免
　　　　　　　遭怀疑的玷污。

白金汉　　　　没错,没错,他是活在世上最会隐藏的叛
　　　　　　　徒。——(向市长。)您能想象,甚或能相信吗,
　　　　　　　若非上天保佑,留我活命说出此事,这个狡
　　　　　　　诈的叛徒已策划今天,在这间会议室,谋害
　　　　　　　我和高贵的格罗斯特大人?

伦敦市长　　　他真这样做了?

格罗斯特　　　怎么！您以为我们是土耳其人①或异教徒吗？
　　　　　　　您想，若非当时情形极其危险，关乎英格兰
　　　　　　　和平与我们自身安全，我们能违反法律程
　　　　　　　序，强制执行死刑，将这恶棍火速处死吗？

伦敦市长　　　现在，愿好运降临你们！他理应受死。二位大
　　　　　　　人处置得当，正好以此警告虚伪的叛徒们别
　　　　　　　再有类似企图。自从他与绍尔太太有了奸
　　　　　　　情，我便料定他绝不干好事②。

白金汉　　　　不过，我们决定在阁下来目睹他的下场之
　　　　　　　前，不处死他，怎奈眼下这几位朋友心急，抢
　　　　　　　先下手，或多或少有违初衷。因为，大人，我
　　　　　　　本想让您听这个叛徒讲述，惊恐地坦白叛国
　　　　　　　的行为和意图，以便您把这经过告知市民，
　　　　　　　他们或因他而误解我们，并为他的死悲痛。

伦敦市长　　　但是，高贵的大人，有阁下这番话足矣，与我
　　　　　　　亲眼所见、亲耳所听一样。不用怀疑，二位公
　　　　　　　正高贵的大人，我一定将你们在此事上的一
　　　　　　　切公正程序，告知忠顺的市民。

格罗斯特　　　这正是邀请阁下来这儿的目的，使我们免遭
　　　　　　　挑毛病的世人责难。

---

　　①土耳其人（Turks）：当时以土耳其人代指非基督徒的野蛮人。
　　②这句话在"第一对开本"中为白金汉所说，从语境来看，以市长说来更为妥
帖。此处按"牛津版"。

白金汉 　虽说您比我们预期迟来一步，却能由您所听，为我们的意图作证。那好，高贵的市长大人，我们道别吧！(市长下。)

格罗斯特　去，跟上，跟上，白金汉老兄。尽速跟市长赶往市政厅，在那儿，你选一最好时机，挑明爱德华的几个孩子全是私生子。告诉他们，爱德华曾怎样处死一个市民，只因那人说要让儿子继承王冠，其实人家在说自家店铺，人家那店铺，拿王冠做标识，故得此名①。还有，提一下他那可恨的淫荡，他像牲口似的不断变换肉欲的口味，把肉欲伸向市民的仆人、女儿和妻子，甭管在哪儿，他淫荡的眼或野性的心，都会毫无节制，把她们变成贪婪捕食的猎物。不，如有必要，还可隐约提一下我本人。——告诉他们，当我母亲身怀那个贪得无厌的爱德华之时，高贵的约克，我尊贵的父亲，正在法兰西打仗，他精准推算时间，发觉这孩子不是他生的。——从相貌能明显看出，他丝毫不像我父亲，那位高贵的公爵。不过触及这个要谨慎，点到即可，因为，

---

① 据托马斯·莫尔《理查三世的历史》记载，曾有一名叫贝德特的商人，住在奇普赛德的"王冠"客栈，一日，他向儿子说起继承"王冠"（即客栈）之事。爱德华听到后产生误解，遂下令逮捕贝德特，审判后处死，挖出内脏，将尸体肢解成四块。

大人,您知道,我母亲还活着。

白金汉　　别担心,大人,我会扮演好演说家,仿佛我为之辩护的那顶金冠是酬劳自己的。那好,大人,告辞。

格罗斯特　您如果顺利得手,便带他们来贝纳德城堡①。在那儿,您会看到好多可敬的神父和博学的主角陪着我。

白金汉　　我去了。三四点钟的时候,等着听市政厅传来的消息。(白金汉下。)

格罗斯特　去,洛弗尔,火速去找萧博士。——(向凯茨比。)你去找潘克尔修士②。——叫他们一小时之内在贝纳德城堡与我会面。(洛弗尔与凯茨比下。)现在我要去暗中部署一番,把克拉伦斯的小崽子们移出视野,下令不准任何人任何时候接近他们。(下。)

---

①　贝纳德城堡(Baynard's Castle):位于伦敦泰晤士河北岸,在黑衣修士(Blackfriars)与伦敦塔之间,最早是一位随征服者威廉到英国的贵族贝纳德所建,后归理查的父亲老约克公爵所有。伊丽莎白时代,此堡属于彭布罗克伯爵威廉·赫伯特(William Herbert, Earl of Pembroke)。

②　萧博士(Doctor Shaw),即约翰·萧(John Shaw),是伦敦市长埃德蒙·萧(Edmund Shaw)的兄弟。潘克尔修士(Friars Penker)是奥古斯丁修道院(Augustin Friars)院长。二人都是神学博士,为当时著名的修士,均站在理查一边。托马斯·莫尔在《理查三世的历史》中称"二人学问大于品德,名声大于学问"。而且,一人在理查加冕前为其布道,赞其护国公之功,一人在其加冕后布道,赞其新王之美德。

第六场

伦敦，一街道

（一文书①手执抄件上。）

文书　　这是指控高贵的海斯汀勋爵的诉状。（展示抄件。）格式正规，字体大，书写优雅，今天要在圣保罗大教堂宣读。注意这接连发生的事前后衔接多么连贯！我花了十一个小时把它抄好，因为凯茨比昨夜才送来。草拟原稿也得花这么多时间。可就在五个小时之前，海斯汀还活着，无人指控，未遭质问，悠闲，自在。如今这是一个多好的世界！谁能蠢到一眼看不穿这诡计？可谁又敢如此大胆，说他看穿了这诡计？糟糕的世界，一切都将化为乌有。眼见如此恶行，却只能藏心里。（下。）

---

① 文书（scrivener）：即职业抄写员、书记员或代笔者。

第七场

伦敦,贝纳德城堡

(格罗斯特与白金汉分上,相遇。)

格罗斯特　　怎么样,怎么样? 市民们怎么说?

白金汉　　　现在,以神圣的圣母起誓,市民们沉默了,一
　　　　　　个字不说。

格罗斯特　　你可提到爱德华的几个孩子都是私生子?

白金汉　　　提了。还提到他和露西夫人的婚约①;提到他
　　　　　　派人去法兰西订婚约之事②;提到他淫荡贪

---

① 伊丽莎白·露西(Elizabeth Lucy):是爱德华四世婚前情妇之一。爱德华的母亲为阻止儿子娶格雷夫人为王后,故意说儿子曾与露西订有婚约,但露西矢口否认。然而,在爱德华四世娶格雷夫人为伊丽莎白王后之前,确曾与埃莉诺·巴特勒夫人(Lady Eleanor Butler)结过婚,故而,理查在其召开的唯一一次议会上,据此宣布爱德华的子女均属非法私生。但此事与露西无关。

② 即《亨利六世(下)》第三幕第三场所写,沃里克伯爵受命代表爱德华四世前往法兰西提亲,欲迎娶路易六世的妻妹波娜女士(Lady Bona)为妻。结果,爱德华突然变卦。恰在沃里克提亲时,传来爱德华娶了格雷夫人为王后的消息,致使沃里克与路易国王和亨利六世的遗孀联手,向爱德华发起军事进攻。

欲,强奸市民的妻子;提到他轻罪重罚;提到他本人是私生子,说他受孕成胎时,您父亲那会儿正在法兰西,而且,他长得跟公爵一点儿都不像。同时,我还提到您的相貌,无论外表,还是高贵的心灵,都与您父亲一模一样。还描述了您在苏格兰的所有胜利①,您打仗时的谋略, 和平中的智慧, 您的慷慨、美德、可敬的谦恭。真的,凡与您用心相符之事,没有一件没提及,也没在描述时稍有疏忽漏掉一件。演说快结束时,我向他们提议,凡钟爱国家利益之人,高呼:"上帝保佑理查,英格兰的国王! "

格罗斯特　他们照着做了?

白金汉　不,所以愿上帝助我,他们一言不发,一个个活像哑巴塑像,或喘气儿的石头,相互对视,面色死一般苍白。见此情形,我申斥他们,责问市长这样蓄意沉默什么意思?他的回答是,市民只听市府官员的,听不惯演说。然后我催他把我的话再说一遍:"公爵这样说过,公爵如此宣称。"——但他并未以其权威身份

---

① 1482 年,理查起兵征讨苏格兰,重新夺回特威德河畔的贝里克(Berwick),赢得不小名声。

讲一句话。等他讲完,我自己的几个手下,在市政厅前的低处,猛然抛起帽子,约有十来个人高呼"上帝保佑理查王!"凭这几个人造的势,我趁机说——"谢谢,高贵的市民和朋友们,这公众喝彩和快乐欢呼表明了你们的智慧和对理查的敬爱。"到此结束,转身离开。

格罗斯特　一群不长舌头的笨蛋!他们不愿开口?

白金汉　是的,以我的信仰起誓,大人。

格罗斯特　那市长和他的同僚,不来了?

白金汉　市长马上到。您摆出点儿令人生畏的虔诚神态,除非他们迫切恳求,别跟人交谈。手里一定拿本祈祷书,站在两位牧师中间,我高贵的大人,因为我要以这个低调为基础,唱一首高调的圣歌。切莫轻易答应我们的要求。要饰演少女的角色,——不停说"不",实则接受①。

格罗斯特　我去了。只要你替他们恳求,我就替我自己对你说"不",这无疑会给咱们带来一个满意的结果。

白金汉　去,去,上屋顶。市长大人敲门了。(理查下。)

(市长、市议员们、市民们上。)

---

① 此处含性意味,暗指性欲强烈的少妇嘴上说不,实则身子愿意接受。

白金汉　　欢迎,我的大人,我在这儿恭候。我想公爵不愿提及此事。

（凯茨比上。）

白金汉　　喂,凯茨比! 对我的请求,你的主人怎么说?

凯茨比　　他恳请阁下,我高贵的大人,明天或后天再来访。他在里面,跟两位虔敬的牧师在一起,凭神的力量凝神冥思。没一件俗事能打动他,把他从神圣的祈祷中吸出来。

白金汉　　回去,高贵的凯茨比,禀明仁慈的公爵,告诉他,我本人,市长和议员们,是为了极其重要、意义非同一般的要事,其重要性绝不在我们的公共利益之下,前来与他商谈。

凯茨比　　我即刻如实转达。（下。）

白金汉　　哈,哈,我的大人,这位王子跟爱德华不一样! 他没懒洋洋地躺在一张淫荡的情爱床上,而在跪着冥思;没跟一对妓女调情,而在与两位博学的教士一起默默诵经; 没有呼呼大睡,给慵懒的身子养膘儿,而在祈祷,充实警醒的灵魂①。如果这位贤德的亲王,肯接受神的恩典,

---

① 参见《新约·马太福音》26:40—41:"耶稣来到门徒那里,见他们睡着了,便对彼得说:'你们不能跟我警醒一个钟头吗?要警醒祷告,以免陷入诱惑。你们心灵固然愿意,肉体却是软弱的。'"

成为君王,那将是英格兰的幸运,但可以肯定,恐怕我们无法说服他。

伦敦市长　以圣母马利亚起誓, 愿上帝不准公爵拒绝我们!

白金汉　我怕他会拒绝。——凯茨比又来了。

(凯茨比上。)

白金汉　喂,凯茨比,公爵怎么说?

凯茨比　他不明白您把这么一大群市民召来,到底想干吗,事先没人通知公爵。我的大人,他担心你们对他没安好心。

白金汉　抱歉,我高贵的兄弟竟怀疑我没安好心。以上天起誓,我们前来完全出于敬爱,所以请你再回去,禀明公爵。(凯茨比下。)当神圣、虔诚的教徒取出念珠①祷告时, 很难把他们从那儿拉开,——虔诚的沉思何其美哉!

[格罗斯特自高台(或走廊)上,两位主教一左一右同行。凯茨比随上。]

伦敦市长　看,公爵和两位牧师站在那儿。

白金汉　对一位基督徒亲王,那是两根美德的支柱,使他免于堕入空虚②。看,他手里拿着一本

———

① 念珠(beads):专指天主教《玫瑰经》念珠,即天主教教徒取出念珠做《玫瑰经》祷告。

② 空虚(vanity):尤指尘世快乐的空虚。另,“空虚”(Vanity),即“虚妄”,是中世纪道德剧中的一个角色。

伦敦市长　看，公爵和两位牧师站在那儿。

白金汉　对一位基督徒亲王，那是两根美德的支柱，使他免于堕入空虚。

祈祷书，——这是辨认一个圣人的真正装饰，——显赫的普朗塔热内①，最仁慈的王子，请借仁慈的耳朵听我们请求，宽恕我们打扰了您的祈祷和真正基督徒的虔诚。

格罗斯特　大人，不必这样道歉。我要恳求阁下原谅，我，在诚挚地侍奉上帝，耽搁②了朋友们来访。但撇开这个，阁下有何见教？

白金汉　那便是，我希望，这件事上能取悦上帝，下能取悦这无人治理的海岛③上所有良善之人。

格罗斯特　我真怀疑自己犯了什么错，惹得伦敦人看不顺眼，你们是来申斥我的愚昧。

白金汉　您犯了错，大人。愿您能取悦我们的恳求，知错改错！

格罗斯特　若不改，我何必活在一个基督教国度！

白金汉　那您要知道，您错就错在，把至尊的王位，威严的王权，您祖上对权杖的责任，命运使您享有的地位和您天生应得的权利，以及您王族世袭之荣耀，都交给一个道德败坏、血统遭玷污的家族。而此时，您却在温和的梦乡

---

① 普朗塔热内（Plantagenet）：理查家族的姓氏，即"金雀花"。

② 耽搁（deferred）："牛津版"作"疏忽"（neglect）。

③ 海岛（isle）：即岛国英格兰。

里安睡，——为了国家的利益，我们来这儿唤醒您，——这高贵的海岛缺少合法的四肢：他的脸被耻辱的疤痕损毁，他的皇家树干硬接上卑贱的枝条①，几乎被一把推入吞咽的深渊,它吞咽下黑暗的遗忘和深深的遗忘。为使国家康复,我们衷心恳求阁下亲自担起您这片国土的王国统治之责,——不是凭您身为护国公、总管、代表,或为他人谋利的低级代理人,而是凭您血脉相传的继承权,凭您天生的权利,凭您的君王版图,凭您自己。为此,我联合市民们,还有十分尊崇、敬爱您的朋友,并在他们热心鼓动下,以这一正当理由②,前来劝说阁下。

格罗斯特　我说不清该默然离开,还是对你们刺耳谴责,才最合我的身份或你们的地位。若不回答,你们也许认为,舌头打了结③的野心,默不作答,便是默认要戴上至尊的王冠,那黄金的牛轭④正是你们愚蠢地在这儿强加于

---

① 枝条(plants)：与"普朗塔热内"(Plantagenet)双关,借指当时的"金雀花"王朝。
② 理由(cause)："牛津版"作"恳求"(suit)。
③ 舌头打了结(tongue-tied)：指野心说不出口。
④ 黄金的牛轭(golden yoke)：牛轭,即束缚牛的轭套。理查故意在此指王冠像牛轭一样束缚人。

我。你们这一请求,如此饱含着对我的忠诚挚
爱,若加以谴责,那岂不等于从另一方面责骂
了朋友?因此,我得说话,避免前者,而说话时,
又要避免后者,那我这样明确答复你们:我理
应感谢厚爱,但我的无功之功唯有避开你们的
高要求。首先,即便砍掉一切障碍,我一路通向
王位,那作为成熟的收益,也为我天生所应得,
但我天资如此之低劣,缺点如此之大、如此之
多, 以至于我宁愿躲开至尊之地位,——一艘
小船禁不住大海的波涛,——而不愿身陷威权
却渴望藏身,在荣耀的雾气里闷死。但是,感谢
上帝,眼下用不着我,你们如有需要,我也无力
相助。王家之树①给我们留下王家之果,随时光
向前爬行,待果子成熟,他自当安坐威严的王
位,并以其统治,毫无疑问,使我们幸福。你们
欲加于我身者,我愿加在他身上,那是幸运之
星带给他的权利和命运。上帝不准我从他手里
夺走!

白金汉　　我的大人,这昭示出阁下的良心。但对所有情
形详加考虑, 那些理由都是些不重要的零碎
儿。您说爱德华是您哥哥的儿子,我们也这样

---

① 王家之树(royal tree):即爱德华四世。

说,但爱德华的妻子不这样说,因为他先与露西夫人订了婚约,——您母亲是这一婚约活的见证,——后又由代表替他与法兰西国王的妹妹①波娜立下婚约。两纸婚约都被扔掉,一个可怜的请愿者②,一个牵挂好几个儿子的母亲,一个美色已残的苦命寡妇,竟在她的最好时光步入午后之际,俘获、捉住了他一双色眼,引诱身处顶尖、至高权位的他,下贱堕落,无耻重婚。她和他,在他非法的床上,生下这个爱德华,出于礼貌,我们称他亲王。谈这个,我可以说得更刻薄,只是,出于对在世者③的尊敬,我的舌头忍住了。那么,我高贵的大人,请您接受我们奉上的这一至尊王权。即便不为我们和这片国土得祝福,您也要把自己高贵的血统,从这耻辱时代的堕落中抽出来,恢复直系合法的一脉嫡传血统。

伦敦市长　　(向理查。)接受吧,高贵的大人,您的市民恳

---

① 妹妹(sister):妻子的妹妹。

② 请愿者(petitioner):即伊丽莎白·格雷夫人。在《亨利六世(下)》第三幕第三场,当格雷夫人向爱德华四世请愿,请他发还丈夫的土地,爱德华四世好色的双眼却为她着迷。

③ 在世者(some alive):即理查和爱德华的母亲——约克公爵夫人。

求您。

白金汉　强大的理查,不要拒绝奉上的这份敬爱。

凯茨比　啊,让他们快乐,答应他们的合法请求!

格罗斯特　哎呀!你们为什么要把这些责任推我身上? 我不适于担负国家和国王的责任。——我 恳求你们,莫见怪,我不能,而且不愿听从 你们。

白金汉　您若拒绝,——出于善意和虔诚, 不愿废黜 您哥哥的儿子。我们也知道您心地柔软,仁 慈、友善,像女人似的富于怜悯,这我们从您 对待亲族及公平对待所有社会阶层,早已注 意到。——但要知道,无论您是否接受我们 的请求,您哥哥的儿子休想成为统治我们的 国王。我们要让其他什么人安坐王位,使您 的家族蒙羞、没落。凭这一决心,我们在此告 辞。——来,市民们,以耶稣的伤口起誓,我 们不再恳求。

格罗斯特　啊,不要起誓,白金汉大人[1]。(白金汉与众市民 下。)

凯茨比　喊他回来,仁慈的亲王。接受他们的请求,您 若拒绝,整片国土都会悲伤。

---

[1] 这句台词在"第一对开本"中没有,此处按"牛津版"。

格罗斯特　你们非要逼我肩负天大的责任？喊他们回来。我不是石头人，才会被你们善意的恳求穿透，尽管这与我的良心和灵魂相违。(凯茨比下。)

(白金汉及其他人上。)

格罗斯特　白金汉老兄，诸位圣人、贤士，既然你们不管我是否愿意，非要把命运像铠甲一样在我背部①扣紧，叫我负起这重担，我一定耐心承受负担。但假如恶毒的诽谤或面目丑恶的羞辱，伴着你们强加的结果一起来，那你们十足的逼迫，要为我由此沾染的一切污秽开脱罪恶。因为上帝知晓，你们多少也能看出，我对此多么无心渴望。

伦敦市长　上帝保佑阁下！看得出来，我们会这样说的。

格罗斯特　这样说，你们只在据实言明。

白金汉　那我就以这王家尊号向您致敬，英格兰当之无愧的国王，理查王万岁！

全体　阿门！

白金汉　请您明日加冕如何？

格罗斯特　如果打算这样，我随你们所愿。

白金汉　那明天，我们再来侍候陛下。既如此，我们顶

---

①我背部(my back)：理查以此让别人注意自己的驼背。

　　　　　　　　顶快乐，向您告辞。

格罗斯特　　　(向二主教。)来，我们再去做神圣的工作[1]。——
　　　　　　　　(向白金汉。)再会，老兄。——(向众人。)再会，尊
　　　　　　　　贵的朋友们。(同下。)

---

① 神圣的工作(the holy work)：即礼拜祈祷。

第四幕

第一场

伦敦，伦敦塔前

(王后伊丽莎白、约克公爵夫人、多赛特侯爵自一边上；格罗斯特公爵夫人安妮①领着克拉伦斯幼女玛格丽特·普朗塔热内自另一边上。)

公爵夫人　　谁在这儿迎我呢？我孙女普朗塔热内，由她好心的格罗斯特婶母牵手领来的？现在，以我的生命起誓，她正走向伦敦塔，出于内心真纯之爱去探望年轻的亲王。——(向安妮。)儿媳，幸会。

安妮夫人　　愿上帝保佑二位夫人安享幸福快乐时光！

伊丽莎白　　同样祝福您，好心的弟媳。这是去哪儿？

安妮夫人　　躲不过要去伦敦塔，何况，我想，是出于跟你们一样的挚爱，去那儿看望两位年轻的亲王。

伊丽莎白　　仁慈的弟媳，多谢。咱们一起进去。

---

　　① 理查在第一幕第二场向安妮夫人示好求爱，后安妮夫人嫁给理查，成为格罗斯特公爵夫人。

(伦敦塔卫队长布雷肯伯里上。)

伊丽莎白	正好,卫队长来了。——卫队长先生,劳驾请问您,我小儿子约克公爵,可好?
布雷肯伯里	很好,亲爱的夫人。请原谅,我不能允许您看望他们。国王下令严禁探望。
伊丽莎白	国王?那是谁呀?
布雷肯伯里	我是说,护国公大人。
伊丽莎白	上帝保佑他切莫使用国王尊号!他要我们母子之爱中间划定界限?我是他们的母亲。谁能阻止我见到他们?
公爵夫人	我是他们父亲的母亲,我要见他们。
安妮夫人	在法律上①,我是他们婶母;情感上,我是他们的母亲。那带我去见他们。有人怪罪,我来承担,有什么风险,责任算我头上。
布雷肯伯里	不,夫人,不。我不能丢下责任。我受誓言约束,因此,请原谅。(下。)

(斯坦利上。)

斯坦利	若再过一小时,遇到各位夫人,我要向约克公爵夫人致敬,您是两位美丽王后的婆婆和可敬的旁观者。——(向安妮。) 来,夫人,您必须立刻去威斯敏斯特,在那儿加

---

① 即凭着姻亲关系。

冕为理查尊贵的王后①。

伊丽莎白	啊！劈开我的胸衣带子②,叫我密闭的心有点儿跳动的余地,不然,这害死人的可怕消息能叫我晕倒!
安妮夫人	残忍的消息! 啊,令人讨厌的消息!
多赛特	打起精神! ——母亲,您感觉怎样?
伊丽莎白	啊,多赛特,别我和说话,你快走! 死亡和毁灭像狗一样追着你的脚后跟。你母亲的名字对儿女们是不祥之兆。你若想逃过一死,赶紧渡海,与里士满③住在一起,躲避地狱的抓手。走,快走,赶快逃离这座屠宰场,免得你白凑一个死亡数,把我变成玛格丽特诅咒的奴隶死于非命, 临死之际, 既不是母亲、妻子,也不是英格兰公认的王后④!
斯坦利	夫人, 您这一忠告充满睿智的关切。——(向多赛特。)尽全速利用好时间。我会为您给我儿

———————————

①1483 年 7 月 6 日国王和王后的加冕典礼在威斯敏斯特教堂举行,格罗斯特公爵理查加冕英格兰国王,成为理查三世,安妮夫人加冕为英格兰王后。

②胸衣带子(lace):伊丽莎白时代的妇女束胸,遇胸闷气短,需松开束紧胸衣的系带。在此,悲愤的情绪使伊丽莎白王后感觉胸口胀满,喘不上气。

③里士满(Richmond):即里士满伯爵亨利•都铎(Henry Tudor, Earl of Richmond),未来的亨利七世,此时正在法兰西布列塔尼(Brittany)寻求避难。

④在第一幕第三场, 亨利六世的遗孀王后玛格丽特向伊丽莎白王后发出诅咒:"临死之际,既不是母亲、妻子,也不是英格兰的王后! "

子①写信,让他在半路上迎您。不要因不明智的拖延突然被抓。

公爵夫人 啊,传播邪恶的悲风!——啊,我这受诅咒的胎宫,死亡之床!你给世界孵出一条蛇怪②,它那无法回避的目光能杀人!

斯坦利 (向安妮。)来,夫人,来。我是受命匆匆赶来。

安妮夫人 我是满心不愿去。啊,愿上帝把那必须箍在我额头的金属圈,变成烧得火红的铁环,烤焦我的脑髓③!愿我受膏的圣油④是致命的毒药,让我在人们说"上帝保佑王后!"之前,死去!

伊丽莎白 去吧,去吧,可怜的灵魂,我不嫉妒你的荣耀,也不希望你,仅因喂养我的心绪害了自己。

安妮夫人 不?为什么?当时我护送亨利的遗体,他,我现在这个丈夫,来到身边。从我第一个天使般丈夫身上流出的血,还没全从他手上洗

---

① 斯坦利是里士满伯爵夫人玛格丽特(Margaret, Countess of Richmond)的第三任丈夫,故此,是里士满(亨利·都铎)的继父。

② 即传说中能用目光杀人的蜥蜴状蛇怪。

③ 古时对弑君者或重罪犯人的惩罚之一,便是用烧得又红又热的铁环套在犯人的头上。

④ 国王、王后加冕时,将以油或香油(即圣油)涂抹在国王和王后的头部,即受膏加冕。

净,我那时正哭着为亲爱的圣者送葬。——
啊,当我看到理查的脸,我说这是我的心愿,
"愿你受诅咒",我说,"因为你把我变成,如
此年轻、又如此老练的一个寡妇!等你结婚
时,让悲伤萦绕你的床,让你的妻子,——倘
若有人如此疯狂做了你老婆,——叫她因你
的生命,比你叫我因丧失亲爱的丈夫所受之
苦更惨!"瞧,还没能把这诅咒重复一遍,在
这么短的时间内,我的女人之心竟愚蠢地长
成他甜蜜情话的俘虏,变成我自己的灵魂诅
咒的对象,——这使我的双眼至今不得安
宁,在他床上我从未安享过哪怕一小时睡眠
的金色甘露,反倒不断被他吓人的噩梦惊
醒。还有,他因我父亲沃里克[①]而恨我,无疑,
很快会将我除掉。

伊丽莎白　　可怜的心灵,再见!我同情你的倾诉。

安妮夫人　　我的灵魂同样为你哀悼。

伊丽莎白　　再见,你这满怀忧伤欢迎荣耀的人!

安妮夫人　　再见,你这告别荣耀的可怜的灵魂!

---

① 即沃里克伯爵理查·内维尔(Richard Neville, Earl of Warwick),在《亨利六世
(下)》中,在与约克家族交战的巴尼特之战,负伤阵亡。当时,理查(格罗斯特公爵)是
约克军中的主要将领。

公爵夫人　　(向多赛特。)去里士满那儿,愿好运引领你。
　　　　　　　——(向安妮。)去理查那儿,愿善良的守护天使
　　　　　　　呵护你! ——(向伊丽莎白。)去圣所避难,愿善
　　　　　　　的思想渗透你! ——我要去我的坟墓,那儿
　　　　　　　有和平与安宁与我同眠!我亲身经受了八十
　　　　　　　来年的悲伤①,每一小时欢乐带来一礼拜苦
　　　　　　　难。(欲走。)

伊丽莎白　　留步,跟我一起再回望一眼伦敦塔。你这古
　　　　　　　老的石头,怜悯那两个稚嫩的孩子,嫉妒把
　　　　　　　他们囚禁在你的墙里! 对如此可爱的小可
　　　　　　　怜,你是残酷的摇篮!对如此稚嫩的亲王,你
　　　　　　　是严厉粗暴的奶妈、苍老阴郁的玩伴!
　　　　　　　好好对待我的孩子,就这样,我以溺爱之悲
　　　　　　　伤向石头告别。(下。)

---

　　①八十来年(eight odd years):莎士比亚在此为虚指。历史上,生于1415年的约克
公爵夫人此时(1483年)应为六十八岁。

第二场

伦敦,王宫

(喇叭奏花腔。理查身穿加冕礼服,头戴王冠;白金汉、凯茨比、拉特克利夫、洛弗尔,一侍童及其他上。)

理查王　　大家都站开。——白金汉老兄。

白金汉　　我仁慈的君王!

理查王　　手伸给我。——(号角响。登上王座。向白金汉旁边。)凭你的劝告和辅佐,理查王才这样高居王座。但这些荣耀我只能享有一天? 还是能永久享有,并以享有为乐?

白金汉　　荣耀不死,永享荣耀!

理查王　　啊,白金汉,我现在要扮演一块试金石,检验你到底是不是真金。小爱德华还活着。此刻你认为我会怎么说。

白金汉　　说下去,我敬爱的主上。

理查王　　哎呀,白金汉,我说,我要做国王。

白金汉	哎呀,您已经是了,我最有声望的主上。
理查王	哈?我是国王?也是。可爱德华还活着。
白金汉	确实,高贵的亲王。
理查王	啊,痛楚的结果,爱德华仍然活着!——"确实,高贵的亲王!"老兄,你从没这么蠢过。要我直说?我希望这两个杂种死掉,并希望立刻着手办妥。现在你怎么说?马上说,简短。
白金汉	陛下可随意而为。
理查王	啧,啧,你是一整块冰,你的感情冻住了。说,我要他们死,你同意吗?
白金汉	在最终讲明这件事之前,给我点儿喘息的空间,稍等片刻,亲爱的主上。我会立刻答复陛下。(下。)
凯茨比	(向身边的人旁白。)国王生气了。看,他在咬嘴唇。
理查王	(自王座下。)我愿跟脑子呆傻的笨蛋和粗心大意的孩子交谈。用思虑眼神审视我的人,我一个都不喜欢。野心不小的白金汉便谨慎了。——孩子!
侍童	陛下!
理查王	你认识什么人,拿金子一诱惑,便愿去干秘密杀人的差事?
侍童	倒认识一位心存不满的绅士,寒酸的收入配不上他高傲的精神。金子抵得上二十个演说家,无疑,能诱惑他做任何事。
理查王	他叫什么?

白金汉　陛下可随意而为。

理查王　啧,啧,你是一整块冰,你的感情冻住了。说,我要他们死,你同意吗?

侍童　　　名叫泰瑞尔，陛下。

理查王　　对此人略知一二。去，叫他来这儿，孩子。（侍童下。）那深谋远虑聪明过人的白金汉，休想再与我的机密为邻。他不知疲倦与我长久共事，现在要停下歇口气？——那好，就这样。

（斯坦利上。）

理查王　　怎么，斯坦利勋爵，有什么消息？

斯坦利　　告知仁慈的主上，我听说，多赛特侯爵已逃向里士满，到了他住的地方。（站立一旁。）

理查王　　到这儿来，凯茨比。——向外散布谣言，说安妮，我妻子，病得十分严重，我会下令把她关起来。随便给我找个穷酸绅士，我要立刻把克拉伦斯的女儿嫁给他。——他那傻儿子①，我倒不用怕。——看，你居然在做白日梦②！——我再说一遍，叫人们知道，我的安妮王后病了，估计会死。去办吧。因这事对我极重要，得断绝由它生长的能害我的一切希望。（凯茨比下。）我必须与我哥哥的女儿③结婚，否则，我的王国便站

――――――――――――

　　①傻儿子，即克拉伦斯的大儿子沃里克伯爵爱德华（1475—1499），因从小被监禁，愚傻弱智，后遭亨利七世捏造叛国罪名，长期监禁，最后处决。
　　②凯茨比被理查王所说惊住了，理查讥讽他在做白日梦，提醒他注意听好王命。
　　③即爱德华四世之女约克的伊丽莎白（Elizabeth of York, 1463—1503）。理查欲娶她为妻，以蒙蔽里士满，未果。1486年，伊丽莎白与亨利七世结婚。至此，玫瑰战争终因约克家族与兰开斯特家族的联姻结束。

在易碎的玻璃上。——杀了她的两个弟弟,然后娶她!不牢靠的获利手段!但迄今为止我身陷血腥,一宗罪恶将引出另一宗罪恶。我这眼里容不下同情的泪滴。

(侍童偕泰瑞尔上。)

理查王　你叫泰瑞尔?

泰瑞尔　詹姆斯·泰瑞尔,您最顺从的臣民。

理查王　真的,是吗?

泰瑞尔　我来证明,仁慈的主上。

理查王　你敢下决心去杀我一个朋友吗?

泰瑞尔　保您满意。但我宁愿替您杀死两个仇敌。

理查王　哎呀,那正合我意。有两个深仇宿敌,与我的安宁为敌,干扰我甜美的睡眠,我要你去对付他们,——泰瑞尔,我说的是伦敦塔里的那两个杂种。

泰瑞尔　只要去那儿不受限制,我很快替您除掉对他们的恐惧。

理查王　你唱出最甜美的音乐。听着,过来,泰瑞尔,去吧,拿这个做凭证①。(递凭证。)——起来②,借过耳朵听我说,(耳语。)除了这事,没别的了。——

---

①凭证(token):象征威权的凭证物,也许是一枚戒指。

②起来(rise):可能泰瑞尔是跪下接过理查王的凭证,否则,“起来”一词颇为费解。

　　　　　　这事办妥了，我会喜欢你，提拔你。

泰瑞尔　　我马上动手。（泰瑞尔与侍童下。）

（白金汉上。）

白金汉　　陛下，刚才您向我提出请求的事，我脑子里考
　　　　　虑好了。

理查王　　算了，让那事歇了。多赛特逃向了里士满。

白金汉　　消息我听说了，陛下。

理查王　　斯坦利，他是您妻子的儿子①。——那得留意
　　　　　一下。

白金汉　　陛下，我要求得到馈赠，您事先承诺的，因为您
　　　　　以荣誉和以荣誉担保的诺言做了抵押。赫里福
　　　　　德的伯爵领地，加上动产②，您答应这些都归我
　　　　　享有。

理查王　　斯坦利，当心你妻子，她若带信给里士满，拿你
　　　　　是问。

白金汉　　陛下对我的正当要求怎么说?

理查王　　总算想起来了，当里士满还是个任性小孩儿时，
　　　　　亨利六世曾预言里士满将来能做国王。一个国
　　　　　王！也许，没准儿——

----

　　①你妻子的儿子(your wife's son)：里士满是斯坦利的妻子与前夫所生之子。
　　②第三幕第一场结尾处，理查向白金汉承诺："我一当上国王，你就向我要求赫
里福德伯爵领地的所有权，以及我国王哥哥拥有的全部动产。"

白金汉	陛下！ ①——
理查王	当时我就在边上，这预言家怎么那会儿没说我该杀了他？
白金汉	陛下，您允诺给我的伯爵领地，——
理查王	里士满！——上次在埃克塞特时，蒙市长好意，带我看了城堡，人称鲁杰蒙②，那名字叫我吃了一惊，因为有位爱尔兰吟游诗人曾对我说，等我一见里士满，此后便活不多久。
白金汉	陛下！
理查王	啊！几点了？
白金汉	我现在斗胆提醒陛下您对我的承诺。
理查王	嗯，可几点了？
白金汉	刚敲过十点。
理查王	嗯，让它敲吧。
白金汉	为何让它敲？
理查王	因为，你活像时钟上的小人儿，在你的乞求和我的冥思之间不停地敲。我今天没心情馈赠。
白金汉	哎呀，那您回答我，到底是否愿意。

---

① 从白金汉的这一句"陛下"直到理查王"我今天没心情馈赠"，按"牛津版"译出。
② 鲁杰蒙城堡（Rougemont Castle），建于 1066 年诺曼底公爵征服英格兰之后，也被称作埃克塞特城堡。这座城堡与里士满（Richmond）毫无关联，只因发音相近，犯了理查的忌讳。

理查王　　　　啧,啧,你真够烦的。我没这个心情。(理查王及随从等下。)

白金汉　　　　落到这个地步? 他竟以如此的轻蔑回报我深深的效忠? 我让他当了国王,就为了这个? 啊,想起海斯汀,趁惊恐的脑袋尚在,快去布雷克诺克①! (下。)

---

① 布雷克诺克(Brecknock):位于威尔士布雷肯(Brecon),是白金汉家族的大本营。

第三场

伦敦，王宫

（泰瑞尔上。）

泰瑞尔   暴虐、血腥的行动已完成。这最凶残的令人怜悯的屠杀行为，是这国家从未犯过的罪恶。戴顿和福勒斯特被我收买，干下这一可悲的凶杀，虽说他俩是老练的恶棍，嗜血的恶狗，但说起死者的凄惨故事，却也被柔情和温和的悲悯融化，哭得像孩子似的。"瞧，"戴顿说，"两个温顺的孩子就这样躺着。"——"这样，这样，"福勒斯特说，"俩人用无辜的雪白的胳膊环形相拥。他俩的嘴唇是一根茎上的四朵红玫瑰，在夏日娇艳之际彼此亲吻。他们枕头上，放着一本祈祷书。这本，"福勒斯特接着说，"差点儿叫我改了主意。但是，啊，魔鬼，"——说到这儿，这恶棍停住了。这时戴顿接着说，——"我们把大自然从原始创造以来，她①所造的最完美的作品闷死了。"因此，两个人被良心和悔恨压倒，说不出话来。我只好离开他们，把这消息带给嗜血的国王。——他来了。

(理查王上。)

泰瑞尔 祝您康健，我至高无上的陛下！

理查王 好心的泰瑞尔，是叫我高兴的消息吗？

泰瑞尔 若干了您下令的事，能叫您高兴，那您就高兴吧，因为已经搞定了。

理查王 可是你亲眼见他们死的？

泰瑞尔 我见了，陛下。

理查王 埋了吗，高贵的泰瑞尔？

泰瑞尔 伦敦塔的牧师埋的他们，但埋哪儿了，说实话，我不清楚②。

理查王 泰瑞尔，吃过晚饭，立刻来见我，到时把他们死的经过告诉我。同时，想一下我会给你什么好处，你将得到你想要的。到时候见。

泰瑞尔 容我告退。(下。)

---

① 她(she)：即大自然(nature)。

② 1674年，爱德华四世两个儿子的尸骨在伦敦塔白塔内一处楼梯下被发现。尸骨装于木箱，埋入地下十英尺。英王查理二世(Charles II, 1630—1685)下令将尸骨移至大理石石瓮内，安放在威斯敏斯特教堂。

理查王	我把克拉伦斯的儿子牢牢监禁①，把他女儿嫁给一个身份卑微的人②，爱德华的儿子们已睡在亚伯拉罕的怀里③，我的妻子安妮也跟这尘世道过晚安④。现在，因为我知道那个布列塔尼的里士满瞄准了伊丽莎白，我哥哥的女儿，打算凭这桩婚姻骄傲地仰望王位，我要去找她，做一个快乐、成功的求婚者。

（凯茨比上。）

凯茨比	陛下！
理查王	你来得如此莽撞，好消息，还是坏消息？
拉特克利夫	坏消息，陛下。莫顿⑤逃向里士满，白金汉，由大胆的威尔士人撑腰，已进入战场，兵

---

① 克拉伦斯之子沃里克伯爵爱德华·普朗塔热内（Edward Plantagenet, Earl of Warwick）被监禁在约克郡的谢里夫·赫顿城堡（Sherriff Hutton Castle）。

② 历史上，克拉伦斯之女索尔斯伯里伯爵夫人玛格丽特·普朗塔热内（Margaret Plantagenet, Countess of Salisbury）所嫁之人理查·波尔爵士（Sir Richard Pole），身份并不低。另，玛格丽特生于1473年8月，理查三世死时，她只有十二岁。

③ 亚伯拉罕的怀里（Abraham's bosom）：指天国。此为对《圣经》中"乞丐拉撒路上天国"典故之化用，事见《新约·路加福音》16:19—24：浑身生疮的叫花子拉撒路，被人放在一财主家门口，靠吃财主餐桌掉下来的"零碎充饥"。后来拉撒路死了"被天使带去放在亚伯拉罕的怀里"，财主也死了，却在阴间受苦。

④ 据霍尔《编年史》载，在理查放出安妮病重谣言之后不久的1485年3月，安妮即死于抑郁（也可能因中毒身亡）。

⑤ 莫顿，即伊利主教约翰·莫顿（John Morton, Bishop of Ely）。在第三幕第四场，理查曾要求伊利主教给他送一些草莓。

力不断增强。

理查王　伊利与里士满联合，比白金汉和他仓促召集的军队，对我困扰更深。来，——早听说，胆怯的盘算好比迟钝拖延的懒仆人，拖延只能引来衰弱和像蜗牛爬一样的赤贫①。那让火热的远征做我的翅膀，做周甫②的墨丘利③，众神之王的传令官！

　　去，集合军队。盾牌就是我的会议。

　　叛徒在战场叫阵，我必须飞速前往。(同下。)

———————————

① 赤贫(beggary)：暗指覆灭、毁灭。

② 周甫(Jove)：即罗马神话中的众神之王朱庇特。

③ 墨丘利，即朱庇特的信使，头戴插有双翅的帽子，脚穿飞行鞋，行走如飞。

第四场

伦敦,王宫前

[年老的玛格丽特王后(亨利六世的遗孀)上。]

玛格丽特　　这么一来,眼下,好运开始成熟,落入死亡的
　　　　　　烂嘴。我偷偷躲藏在这块地方,静观我的敌
　　　　　　人们衰落。我见证了一场可怕的序幕,这就
　　　　　　去法兰西,希望证明那结果同样残酷、罪恶,
　　　　　　而且悲惨。——苦命的玛格丽特,你躲到一
　　　　　　旁。谁来了?

(伊丽莎白王后与约克公爵夫人上。)

伊丽莎白　　啊,我可怜的王子! 啊,我温顺的孩子! 我尚
　　　　　　未开放的花朵,清新初绽的甜美! 如果你们
　　　　　　稚嫩的灵魂仍在空中飞,还没固定在末日的
　　　　　　永恒之地, 那便凭轻灵的翅膀在我上空盘
　　　　　　旋,倾听母亲的哀叹!

玛格丽特　　(旁白。)在她上空盘旋,告诉她,以公道偿还公道,

叫你们婴儿的早晨暗淡,变成老人的夜晚。

伊丽莎白　这么多的苦难撕裂我嗓音,使我厌倦悲伤的舌头哑然失声。爱德华·普朗塔热内,——你为何死去?

玛格丽特　(*旁白*。)普朗塔热内回报了普朗塔热内①,爱德华为爱德华还清一笔死债②。

伊丽莎白　啊,上帝! 你竟飞离如此温顺的羔羊③,把他们投进狼的内脏? 你什么时候睡的,在你安睡时出了这样的事?

玛格丽特　(*旁白*。)在神圣的哈里④和我亲爱的儿子死的时候。

公爵夫人　死寂的生命,瞎子的视力,肉体凡胎可怜的活幽灵,悲惨的景象,尘间的耻辱,该被夺去活命的坟中之物,冗长岁月的简短概述和记录,你们的骚乱,都来英格兰合法的土地安息。(*坐下*。)无辜的血已把这土地非法灌醉⑤!

---

①爱德华四世与理查三世都姓普朗塔热内,均为老约克公爵之子。

②伊丽莎白之子和亨利六世与玛格丽特之子都叫爱德华。

③参见《新约·约翰福音》10:11—13:"我是好牧人;好牧人愿为羊舍命。雇工不是牧人,羊也不是他自己的。他一看见狼来,就撇下羊逃跑。狼抓住羊,赶散羊群。"耶稣把自己比为牧羊人,信徒是他的羊群,狼是魔鬼、恶人。

④哈里(Harry):即玛格丽特的丈夫亨利六世。

⑤参见《新约·启示录》17:6:"我又看见那女人喝醉了上帝子民的血,和那些为耶稣做证而殉道的人的血。"

伊丽莎白　　　既然你①能让给我一个令人沮丧的座位②,那
　　　　　　　尽快给我一处墓穴！我愿藏好我的骸骨,不
　　　　　　　要在这儿安葬。啊,除了我,谁有理由悲悼?
　　　　　　　(坐在公爵夫人身边。)

玛格丽特　　　(上前。)若陈年的悲伤最可敬,那该把够资格
　　　　　　　的好处,给我的悲伤,优先让我的痛楚皱紧
　　　　　　　眉头。若能允许悲伤结伴,(与她坐在一起。)我
　　　　　　　有一个爱德华③,后来一个理查杀了他;我有
　　　　　　　一个哈里④,后来一个理查杀了他;你有一个
　　　　　　　爱德华⑤,后来一个理查杀了他;你有一个理
　　　　　　　查⑥,后来一个理查杀了他。

公爵夫人　　　我也有一个理查⑦,是你杀了他;我还有一个
　　　　　　　拉特兰⑧,是你帮着杀了他。

---

　　①你(thou):即土地。

　　②座位(seat):指王后的座位。

　　③在《亨利六世(下)》第五幕第五场被爱德华四世、乔治、理查三兄弟杀死的小
爱德华亲王。

　　④哈里(Harry):即亨利六世。此处按"牛津版","第一对开本"在此为"丈夫"
(husband)。

　　⑤爱德华四世与伊丽莎白王后所生长子。

　　⑥伊丽莎白王后的次子小约克公爵。

　　⑦在《亨利六世(下)》第一幕第四场,老约克公爵理查·普朗塔热内被玛格丽特
和克利福德所杀。

　　⑧在《亨利六世(下)》第一幕第三场,老约克公爵的幼子被克利福德所杀。

玛格丽特　若陈年的悲伤最可敬,那该把够资格的好处,给我的悲伤,优先让我的痛
　　　　　楚皱紧眉头。

玛格丽特	你还有一个克拉伦斯,理查杀了他。从你狗窝般的胎宫里爬出一条地狱之犬,把我们都追逐到死。那条狗,没睁眼,先长牙,要撕裂羔羊的喉咙,舔舐他们温顺的血,这邪恶的破坏者是上帝的手工作品①,是世间至高无上的大暴君,他在哭泣的灵魂疼痛的双眼里进行统治。——你从胎宫里把他放出来,追逐我们,要把我们追进坟墓。——啊,正义、公道、公正安排一切的上帝,我该如何感谢你,这条吃人血肉的恶狗,竟捕食自己母亲的亲生骨肉,使她与别的哀悼者做伴一同悲叹!
公爵夫人	啊,哈里的妻子,切莫因我的悲痛而狂喜!上帝为我做证,我曾为你的悲痛而哭泣。
玛格丽特	容我讲完。我渴望复仇,现在见到它又感到厌恶。你的爱德华死了,他杀了我的爱德华;你另一个爱德华②也死了,抵偿了我的爱德华。

---

① 参见《旧约·约伯记》34:19:"他不偏袒统治者,/ 也不看重有钱人而轻视穷人;/ 因为人都是他一手所造。"《以赛亚书》64:8:"上主啊,你是我们的父亲。我们像黏土,你像陶匠;我们都是你的手工作品。"

② 即爱德华四世与伊丽莎白王后所生长子爱德华亲王。

年轻的约克只能算白搭上一条命，因为把他们俩①加一块儿，也敌不过我失去之人的十足完美。你的克拉伦斯死了，他刺穿了我的爱德华，这出狂暴戏的看客们，那与人通奸的海斯汀，还有里弗斯、沃恩、格雷，都被过早地埋进幽暗的墓穴。理查还活着，这地狱里的邪恶密探，之所以独自活命，只因身为代理人，他要买下他们的灵魂，送进地狱②。——但临近了，临近了，他那既可怜又无人可怜的结局随即而来。大地裂了口，地狱在燃烧，魔鬼咆哮，圣徒祈祷，都只为立刻把他带走③。——亲爱的上帝，我祈求，取消他的生命契约，让我能活着说一句"这条狗总算死了！"

伊丽莎白　　啊，你曾预言，有朝一日，我会巴望你帮我诅咒那个大肚子蜘蛛，那只有毒的驼背癞蛤蟆。

玛格丽特　　那时我把你叫作我命运的没用装饰；叫作我可怜的影子、画中的王后；只是对我过去的效仿；一场惨剧讨人喜欢的开场白；一个先

---

① 他们俩（both they）：爱德华四世及其长子。
② 送进地狱（sent them thither）：直译为"把他们（的灵魂）送到那里"。
③ 即带到地狱。

被推到高处、又摔下去的人；一个仅凭两个
漂亮孩子便遭人嘲弄的母亲；一场你曾经做
过的梦，一面被每一个危险射手瞄准的战
旗；一个君权的标记符号，一次呼吸，一个泡
沫；一个填充舞台、仅供消遣的王后。此刻你
丈夫在哪儿？你兄弟在哪儿？你两个儿子在
哪儿？你的快乐又在哪儿？谁还来乞求你，跪
下说"上帝保佑王后？"哈着腰巴结你的贵族
在哪儿？跟着你的那群随从在哪儿？把这一
切从头过一遍，再看你现在的样子：不再是
一个幸运的妻子，而是一个最苦命的寡妇；
不再是一个快乐的母亲，而是一个顶着母亲
虚名的哀号之人；不再是一个受人所求的
人，而是一个低声下气的乞求者；不再是一
个王后，而是一个满脑子烦扰的十足的可怜
虫；她不再鄙视我，眼下受我鄙视；她不再令
所有人惧怕，眼下惧怕任何人；她不再对所
有人下令，眼下无人听命。正义的进程这样
转了一圈，把你留下，只是一个十足的时代
的猎物。除了回忆过往，你一无所有，眼前的
处境，叫你备受折磨。你篡夺了我的地位，莫
不该恰好夺走我一部分悲伤？现在，你骄傲
的脖颈已负起我沉重轭套的一半，那就在这

儿,我把疲惫的头从轭套中脱出来,把这负
担全留给你。

　约克之妻,悲哉不幸的王后,再会。

　英国这些苦痛将令我在法兰西微笑。

伊丽莎白　啊,你凭诅咒的拿手好戏,过一会儿,教我如
何诅咒我的敌人!

玛格丽特　夜里熬着不入睡,白天忍住不进食。对照死
者的幸福与活人的悲痛,相信你的孩子们比
生前更甜美,杀死他们的那个人比本来面目
更丑恶。

　夸大损失叫对此负责的恶人更坏,

　想透这一层,你便学会如何诅咒。

伊丽莎白　我的话没活力。啊,用你的言语激活它们!

玛格丽特　你的悲痛会把它们变锋利,像我一样刺
人。(下。)

公爵夫人　为何苦难就该充满话语?

伊丽莎白　话语不过是当事人之苦难虚夸的辩护者,是
未立遗嘱之快乐空想的继承人,是苦难拙于
雄辩的演说家!

　让话语发泄出来,尽管那话语

　于事无补,却能平复心灵。

公爵夫人　如果这样,那就别捆住舌头。跟我一起去,在
刺耳的话语里,让我们把我那该下地狱的儿

子闷死,是他,闷死了你那两个可爱的儿子。

(号角响起。)有号声①。——要变着花样叫骂。

(理查王率军偕鼓手、号手上。)

理查王　谁阻拦我军行进?

公爵夫人　啊!是她,那个早该阻拦你的人,凭她该把你勒死在遭诅咒的胎宫里,防止你这个坏蛋,干下这一切的杀戮!

伊丽莎白　莫非你额头上戴了一顶金冠?倘若正义还是正义,就该给你的额头打上烙印②,表明曾拥有那顶王冠的王子之被杀,我可怜的儿子、兄弟之惨死。告诉我,你这邪恶的奴才,我的孩子们在哪儿?

公爵夫人　你这癞蛤蟆,你这癞蛤蟆,你哥哥克拉伦斯在哪儿? 他的儿子,小内德③·普朗塔热内在哪儿?

伊丽莎白　高贵的里弗斯、沃恩、格雷,在哪儿?

公爵夫人　善良的海斯汀在哪儿?

理查王　号手,号角齐鸣!鼓手,敲响战鼓!莫叫上天听

①"牛津版"此处为"我听到他的鼓声。"(I hear his drum.)

②此为对《圣经》典故的化用。上帝为防止杀死弟弟亚伯的该隐被杀,在他额头打下记号。参见《旧约·创世记》4:15:"因此上主在该隐的额头上做了个记号,警告遇见他的人不可杀他。"

③小内德(little Ned):小爱德华的昵称。

这两个满口胡言的女人谩骂受膏的君王①。

我说，击鼓！(号声，鼓声。)要耐心，有礼貌地向我

恳求，否则，我就这样，用喧闹的军号战鼓湮

没你们的叫嚣。

公爵夫人　你是我儿子吗？

理查王　　是，我感谢上帝、父亲和您本人。

公爵夫人　那耐心听听我的气话。

理查王　　夫人，我沾了点儿您的性格，容不下谴责的

　　　　　腔调。

公爵夫人　啊，让我说！

理查王　　那说吧，但我不愿听。

公爵夫人　我会温和、轻柔地说。

理查王　　简短，仁慈的母亲，我有急事。

公爵夫人　那么急吗？身陷折磨、痛楚，上帝知晓，我一

　　　　　直在等你。

理查王　　我不是终于来安慰您了？

公爵夫人　　　不，以圣十字架起誓，你十分清楚，

　　　　　　　你来到尘世，把尘世变成我的地狱。

　　　　　你从出生便是我一个痛苦的负担。幼年时，

　　　　　你暴躁、任性。一上学，你变得吓人，鲁莽、粗

---

① 在古以色列，国王因加冕时在头上涂抹了圣油，被尊为上帝的受膏者而神圣不可侵犯。《圣经》中多处提及。参见《旧约·诗篇》2:2："世上的君王一起来，……要抵挡上主和他的受膏者。"

	野、狂暴。青年时，你莽撞、大胆、爱冒险。成 年了，你骄狂、阴险、狡诈而残忍，貌似温和， 但危害更大，仁慈之中藏着仇恨。你能说出， 跟我在一起，何时给过我安慰吗？
理查王	说实话，没有，除了那次"与汉弗莱公爵的吃 饭时间"①，有人喊您丢下我，去吃早饭。我若 在您眼里那么讨厌，让我继续行进，别冒犯 了您，夫人。敲响战鼓！
公爵夫人	我请你听我说。
理查王	您说话太尖损。
公爵夫人	听我说一句，因为我将再不与你说话。
理查王	那好。
公爵夫人	凭上帝的公正法令，不是你在这一仗得胜归 来之前死去，就是我因悲痛和极度衰老而 亡，再瞧不见你的脸。因此，带上我最厉害的 诅咒，打仗的时候，这诅咒比身披的整套盔 甲更使你疲劳！我的祈祷将与你的对头联手 作战，爱德华的孩子们的小小灵魂，会在那 儿向你敌人的守护天使悄声低语，应许他们 成功、胜利。

---

① 与汉弗莱公爵的吃饭时间（Humphrey Hour）：意思不明确，或指圣保罗大教堂在其汉弗莱公爵墓地旁设立为穷苦人施舍饭的地方，每天有固定的施舍时间。

公爵夫人　因此，带上我最厉害的诅咒，打仗的时候，这诅咒比身披的整套盔甲
　　　　　更使你疲劳！

> 你天性残忍,你的结局一定血腥;
>
> 生与耻辱相伴,死必与耻辱相随①。(下。)

伊丽莎白　虽说我更有理由,却没多少精力诅咒,容我对她所说,道一声"阿门"。(欲走。)

理查王　留步,夫人,我一定要和您说句话。

伊丽莎白　我再没有王室血统的儿子任你屠杀,至于我的女儿们,理查,——她们要做祈祷的修女,不做哭泣的王后,所以不要瞄向她们,击中她们的性命。

理查王　您有一个女儿叫伊丽莎白,贤淑又美丽,尊贵又仁慈。

伊丽莎白　为此她非死不可?啊,让她活命,我要败坏她的品德;玷污她的美貌;拿不忠于爱德华的床诽谤自己,给她罩上污名的面纱。假如她的命可以免遭流血的屠杀,我愿承认她不是爱德华的骨肉。

理查王　不要损害她出身,她是位高贵的公主。

伊丽莎白　为救她活命,我要说她不是。

理查王　她凭高贵出身保命才最安全。

伊丽莎白　她两个弟弟恰恰死于那种安全。

---

① 参见《旧约·创世记》9:6:"凡流人血的,别人也要流他的血。"《出埃及记》21:12:"凡打人致死的,应被处死。"

理查王	瞧,他们一出生就与吉星相冲!
伊丽莎白	不,是邪恶的亲戚与他们的生命作对。
理查王	注定的命运完全不可避免。
伊丽莎白	由缺乏上帝恩典之人决定命运的时候,的确如此。——若上帝开恩,赐你一条好点儿的生命,我的孩子们注定会有一个好点儿的死亡①。
理查王	您这么说,好像是我杀了两个侄儿。
伊丽莎白	侄儿②,的确,被他们的叔叔,骗走了快乐、王国、亲戚、自由、生命。无论谁人之手刺穿了他们稚嫩的心,都是你的脑袋,全凭间接手段,给指的方向。毫无疑问,杀人的刀又愚又钝,在你硬石般的心上磨快之后,在我的羔羊的内脏里狂欢。若非持续经受的悲痛把我狂野的悲痛驯服,不等我舌头对着你耳朵说出我孩子的名字,我的指甲早在你眼睛里抛了锚。我,在这样一处死亡的险恶海湾,要像一只失去船帆和索具的破旧小船,冲向你岩石般的心窝撞碎。
理查王	夫人,愿我在这次军事行动和危险结果的血

---

① 意即我的孩子们注定不会死得那么难看。

② 侄儿(cousins):与"期骗"(cozen)谐音双关。

战中获胜，只因您和您的亲人曾受过我伤害，现在我打算给您和您的亲人更多好处。

伊丽莎白　难道上帝的真容覆盖着什么好处，显露出来，能对我有利？

理查王　您孩子们的晋升，仁慈的夫人。

伊丽莎白　升到哪处平台①，叫他们在那儿掉脑袋？

理查王　升到显贵和幸运的顶端，这尘世之荣耀的至尊君王的象征。

伊丽莎白　你以重述我的悲痛，来抚慰我的悲痛。告诉我，对我任何一个孩子，你能转让什么身份、什么地位、什么荣耀？

理查王　哪怕我所有的一起。是的，如果在你愤怒灵魂的忘川河②里，把你认为我给你造成的那些冤屈的悲痛记忆淹没，我愿把本人和我的一切，赠予③你的一个孩子。

伊丽莎白　简短点儿，免得你讲述善意的时间，比善意持续的时间还长。

理查王　那听好，我从灵魂里爱你女儿。

伊丽莎白　我女儿的母亲愿拿灵魂相信它。

---

① 哪处平台(some scaffold)：为执行死刑搭建起来的高处平台。

② 忘川河(Lethe)：音译"勒特"，意即"遗忘"，为古希腊神话冥界中的五大河流之一，被称为"忘却之河"。死去的灵魂下到冥界，饮此水，即忘却前世记忆。

③ 赠予(endow)：理查心里惦记的是：所赠的这一切都算我送的嫁妆。

理查王	您相信什么？
伊丽莎白	你真是从灵魂里爱我女儿。你也曾出于灵魂之爱，爱过她两个弟弟。出于心底之爱，我真要感谢你①。
理查王	不要这么急于颠覆我的意思。我的意思是，我用我的灵魂爱你女儿，想让她成为英格兰的王后。
伊丽莎白	那你的意思，谁来做她的国王呢？
理查王	自然是让她成为王后的那个人。还能有谁？
伊丽莎白	什么，你？
理查王	正是在下。您意如何？
伊丽莎白	你怎么能向她求爱？
理查王	我愿向您讨教，她的脾气您最熟悉。
伊丽莎白	你愿请教我？
理查王	夫人，我满心愿意。
伊丽莎白	派杀死她兄弟的人，送她一对血淋淋的心，刻上"爱德华"和"约克"的名字。到时候她也许会哭。因此，还要送她一块手绢，——像从前玛格丽特把浸了拉特兰血的手绢送给你父亲那样，——跟她说，这手绢吸收了她亲

---

① 伊丽莎白此处说的是反话，意即你以这样的"爱"，杀死了我两个儿子，我恨死你了。

爱弟弟身体里的紫色汁液，叫她用手绢擦她
哭泣的双眼。倘若这诱因激不起她的爱，写
封信，写你的高尚行为，告诉她，你除掉了她
叔叔克拉伦斯、她舅舅里弗斯，呜呼，还为她
着想，又很快清除了她好心的婶母安妮。

理查王	您嘲笑我，夫人。这不是赢得您女儿的办法。
伊丽莎白	没别的办法，除非你硬换另一副容貌①，不再是干下这一切的理查。
理查王	假定我因为爱她才做下这一切。
伊丽莎白	不，凭如此血腥的掠夺收买爱情，那她除了恨你，别无选择。
理查王	看，已做之事，现在无法修正。人有时行事鲁莽，事后闲下来又后悔。倘若我从您儿子那儿夺走王国，为了补偿，我愿把它给您女儿。倘若我杀了由您胎宫里生出的后代，为赶快增添您的后代，我愿让您女儿生下后代，含有您的血脉。在亲情上，外祖母的名分不比母亲的名分少。他们都是孩子，不过隔了一代，有您十足的秉性，有您十足的骨血，带来分娩前同样的阵痛，——只是她要经受一夜的呻吟，因为您生她时经受了相似的阵痛。

---

① 容貌(shape, i.e. appearance)：此词多义，亦可解作"形体""角色""化装"。

您的孩子是您年轻时的苦恼,而我的孩子将是您老年时的一个安慰。您的损失只是有个儿子没当上国王,但凭这个损失,您女儿成了王后。我愿意给您的补偿,已不能给您,因此,接受我所能给的如此善意。您儿子多赛特,凭一颗惊恐的灵魂,在异国的土地踏出不满的脚步,这美好的联姻将很快召他回国,得享高贵的晋升和伟大的尊荣。称呼您美丽女儿为妻子的那个国王,将作为家庭成员管多赛特叫兄弟。您将再次成为一位国王的母亲,苦难深重时代的一切废墟将以双倍满意的财富得到修复。怎么! 我们将看到许多美好的日子。您流过的泪滴将再来,化成闪亮的珍珠,以十倍双重幸福的收益做利息,为放出去的贷款增值①。那您去吧,我的岳母,去您女儿那里,凭您的阅历使羞怯之年的她变大胆,让她准备好耳朵听一个求爱者的情话,把升上王后黄金宝座的火焰投入她稚嫩的心里,让公主了解婚姻快乐甜美的

---

① 为放出去的贷款增值(advantaging their loan):此处按"牛津版",把流出的泪水比喻成放出去的贷款(their loan)。"第一对开本"此处作"爱",则译为:"以十倍双重幸福的收益做利息,给泪水里流出的爱增值(advantaging their love)。"

静谧时光。等我这只手臂惩罚完脑子愚笨的
白金汉那个小小反贼，我将头戴胜利的花环
归来，把您女儿领到一个征服者的床上。我
要向她详述我赢得的胜利，她将是唯一的女
胜利者，恺撒之恺撒①。

伊丽莎白　叫我最好说什么？他父亲的弟弟要当她丈
夫？或者说，是她叔叔？或者说，是杀了她两
个弟弟和伯、舅的那个人？我拿什么名义替
你向她求爱，才能让上帝、法律、我的荣誉和
她的爱情，在她稚嫩之年显得美好？

理查王　　给个理由，美丽英格兰的和平仰仗这一
联姻。

伊丽莎白　为此她将以永久的夫妻冲突为代价。

理查王　　告诉她，国王本可以下令，眼下却在恳求。

伊丽莎白　求她干一件万王之王②不准干的事③。

理查王　　说她将是一位崇高、伟大的王后。

伊丽莎白　结果是像她母亲那样，降低这一尊号。

理查王　　说我会永永远远爱她。

伊丽莎白　但这"永远"的尊号能持续多久？

---

① 即"胜利的征服者"。
② 万王之王（king's king）：即上帝。
③ 叔叔欲娶侄女，属于违反教规的乱伦之举，故此上帝不准。

理查王	甜美地持续到她美丽生命的尽头。
伊丽莎白	但这甜美生命能美好地持续多久？
理查王	上天和大自然说多久是多久。
伊丽莎白	那要看地狱和理查喜欢多久。
理查王	说我本是她的君王，倒成了低她一等的臣民。
伊丽莎白	虽说她是你的臣民，却憎恶这样的君王尊严。
理查王	替我向她拿出雄辩的口才。
伊丽莎白	老实的故事讲得直白才最成功。
理查王	那把我的爱情故事直白告诉她。
伊丽莎白	直白而不老实的说话方式太刺耳。
理查王	您的道理太浅、太急。
伊丽莎白	啊，不，我的道理太深、太死。——可怜的幼苗，在坟墓里，又深、又死。
理查王	不要再弹那竖琴的弦，夫人。都过去了。
伊丽莎白	我偏要不停地弹，直到将它的心弦弹裂。
理查王	现在，以我的圣乔治①、我的嘉德袜带②、我的王冠起誓，——
伊丽莎白	你亵渎了头一个，污辱了第二个，篡夺了第

---

① 圣乔治(George)：英格兰的守护神。

② 嘉德袜带(garter)：嘉德骑士勋章是英格兰王国最高的荣誉勋位，获得者一般将象征这一勋位的蓝黄相间的袜带，系在左膝下方。

三个。

理查王	我发誓，——
伊丽莎白	你凭什么起誓，因为这不是誓言。你的圣乔治，被亵渎，失去了神圣荣誉；你的嘉德袜带，遭玷污，典当掉骑士美德；你的王冠是篡夺来的，败坏了国王荣耀。倘若你想发几句令人相信的誓言，那就凭一些你没损害过的东西起誓吧！
理查王	那凭我自身起誓，——
伊丽莎白	你败坏了自己的名声。
理查王	那凭这个世界起誓，——
伊丽莎白	这世界满是你邪恶的罪过。
理查王	以我父亲的死起誓，——
伊丽莎白	你的生命使他蒙羞。
理查王	哎呀，那我以上帝①起誓，——
伊丽莎白	冒犯上帝是你最大的罪过。倘若你敬畏上帝，不打破向他立下的誓言，我的国王丈夫促成的和解便不会遭破坏，我的弟弟们也不会死。倘若你敬畏上帝，不打破凭他立下的誓言，此时圈在你头上的这顶王冠，早已为我的孩子稚嫩的殿堂②增光，两位王子都会活

① "第一对开本"此处作"上天"（Heaven）。
② 稚嫩的殿堂（tender temples）：指孩子稚嫩的身体。

生生的在这儿，而眼下，你打破的誓言，把他们变成了两个结伴的稚嫩骸骨，变成了蛆虫的猎物①。现在你还能凭什么起誓？

理查王　　以未来的时间起誓。

伊丽莎白　　你早在过去伤害了未来。因为过去的时间被你损害，为此，连我本人都要用许多眼泪冲洗未来。活在世上、被你杀死父母的孩子，无人管束的青年，会随着成年为之哀叹。活在世上、被你屠杀孩子的父母，像枯萎的枝叶，会伴着暮年为之悲痛。

　　　　　万不可凭未来的时间起誓，因为

　　　　　你早拿滥用的过去，提前糟蹋掉未来。

理查王　　既然我想交好运，有意悔改，愿我在与敌人的危险交战中获胜！——倘若，我不能以真纯的爱、以无瑕的虔诚、以圣洁的思想，呵护你美丽、尊贵的女儿，就叫我自我毁灭！叫上天和命运不准我有快乐时光！白昼，你别叫光线听从我；夜晚，你也别叫安息屈从我！叫一切吉祥的星辰都与我的行动作对！我的和你的幸福都归于她一身。缺了她，死亡、凄

---

　　① 参见《旧约·约伯记》17:14："我要称坟墓为父，/ 称侵蚀我的蛆虫为母，为姊妹。"21:26："但两种人都一样死，埋在尘土里，/ 一样被蛆虫所掩盖。"

凉、毁灭和衰败,势必随之而来,紧追我、你、她、这片国土,以及众多基督徒的灵魂。这件事①办不成,一切无法避免。这件事办不成,一切无可避免。因此,亲爱的岳母,——我必须这样称呼您,——做我向她求爱的代理人。向她表明我将是何等的人,不要提我过去是何许人。不要提我应得什么,只提我将来配得上什么。要提及目前的危难和事态,在重大事情上切莫冥顽不化。

伊丽莎白	我就这样受了魔鬼的诱惑②?
理查王	是的,假如魔鬼引诱您去做好事。
伊丽莎白	我要忘掉自己是自己吗?
理查王	是的,假如您自己的记忆侵害了自己。
伊丽莎白	可你确实杀了我的孩子们。
理查王	但我会把他们葬在您女儿的胎宫里,他们将在那个香巢孕育他们自己,带给您新的安慰③。
伊丽莎白	我要按你的意思去说服女儿?
理查王	凭这件事做一个幸福的岳母。

---

① 这件事(this):即理查王向伊丽莎白求婚之事。

② 此为对《圣经》中撒旦在旷野诱惑耶稣之化用。参见《新约·马太福音》4:1:"接着,耶稣被圣灵带到旷野去,受魔鬼诱惑。"

③ 此处借凤凰涅槃之比喻:传说凤凰每五百年自焚一次,自焚时以香木筑巢,新鸟从灰烬中新生。

| 伊丽莎白 | 我去了。——稍后给我写信。您将从我这儿了解她的心意。 |
| 理查王 | 把我真爱之吻带给她。那好,再会。(吻她。伊丽莎白王后下。)心软的傻瓜,愚蠢、善变的女人①! |

(拉特克利夫上、凯茨比随上。)

理查王	怎么,有什么消息?
拉特克利夫	最强大的君王,西海岸驶来一支强大的舰队。众多担惊受怕、口是心非的朋友来到我方海岸,没带武器,也没决心击退敌人。据推测,里士满是他们的统帅。他们收起船帆漂泊在那儿,只待白金汉援兵一到,迎他们上岸。
理查王	要派一位腿脚如飞的朋友火速去见诺福克公爵。——拉特克利夫,你亲自去。——或者凯茨比。他在哪儿?
凯茨比	在这儿,我高贵的陛下。
理查王	凯茨比,飞奔到公爵那儿。
凯茨比	遵命,陛下,尽一切便利火速赶往。

---

① 历史上对于伊丽莎白是否被理查王说动并无定论。从事后的结果看,更像伊丽莎白耍弄了理查,因为她在此突然改变表面满口应承,而后却把女儿嫁给里士满,终成为亨利七世的王后。

理查王	拉特克利夫,到这儿来。速去索尔斯伯里①,等你到了那儿。——(向凯茨比。)愚蠢,不长脑子的奴才,你怎么还待在这儿,不赶快去公爵那儿?
凯茨比	强大的君王,请先告诉我您什么用意,我好替陛下您传话。
理查王	哦,对呀,好心的凯茨比。——叫他尽其所能,马上征募最强大的军队,立刻赶到索尔斯伯里与我会合。
凯茨比	我去了。(下。)
拉特克利夫	请问一声,我在索尔斯伯里做什么?
理查王	咦,我还没去,你先到那儿干什么?
拉特克利夫	陛下您叫我先赶过去。

(斯坦利上。)

理查王	我改主意了。——斯坦利,您有什么消息?
斯坦利	没什么您喜欢听的好消息,陛下,倒也没什么特坏的消息,不妨报告给您。
理查王	嘿②,一个谜语!既不好,也不坏。有事相告,直截了当,何必兜圈子绕那么远的路?再问一遍,什么消息?

---

① 索尔斯伯里(Salisbury):英格兰西南威尔特郡(Wiltshire)一城镇。

② 嘿(hoyday):表示冷嘲的语气感叹词。

理查王　拉特克利夫,到这儿来。速去索尔斯伯里,等你到了那儿。——(向凯茨比。)愚蠢,不长脑子的奴才,你怎么还待在这儿,不赶快去公爵那儿?

斯坦利　　里士满到了海上。

理查王　　让他在那儿沉落,叫大海淹没他! 肝无血色①
　　　　　的逃亡者,他在那儿做什么?

斯坦利　　我不清楚,强大的君王,仅凭猜测。

理查王　　那好,您如何猜测?

斯坦利　　在多赛特、白金汉和莫顿的鼓动下,他进军英
　　　　　格兰,来这儿索要王位。

理查王　　王座空了? 王权之剑无人挥动? 国王死了? 王
　　　　　国没人继承? 除了我,还有哪个约克的继承人
　　　　　活在世上? 除了伟大的约克的继承人,谁能做
　　　　　英格兰的国王? 那告诉我,他在海上做什么?

斯坦利　　除了这事,陛下,我猜不出别的。

理查王　　除了他来做您的君王,您猜不出这个威尔士人②
　　　　　为何前来。我担心,你要反叛,去投奔他。

斯坦利　　不,我仁慈的陛下,切莫因此怀疑我。

理查王　　那你击退他的军队在哪儿? 你那些仆从③和追
　　　　　随者们在哪儿? 他们现在是不是都到西海岸,
　　　　　去接应叛军下船了?

---

①肝无血色(white-livered):旧时以为肝为人体胆气之源,肝无血色,意即生性
怯懦。理查指里士满是一个懦弱的逃亡者。

②这个威尔士人(the Welshman):里士满是威尔士人欧文·都铎(Owen Tudor)和
亨利五世的遗孀、瓦卢瓦的凯瑟琳(Katherine of Valois)之孙。

③仆从(tenants):专指英格兰封建时代在军事上效忠领主的家臣、奴仆。

斯坦利　　　不,我仁慈的陛下,我那些朋友都在北方。

理查王　　　都是我疏远的朋友。他们在北方做什么,此时
　　　　　　不该到西方来效忠君王吗?

斯坦利　　　强大的国王,他们没接到命令。如陛下允我动
　　　　　　身,我这就召集那些朋友,按陛下您指定的时
　　　　　　间、地点与您会合。

理查王　　　对呀,你正好可以和里士满联手。我信不过你,
　　　　　　先生。

斯坦利　　　最强大的君王,您没有理由认为我的友谊令人
　　　　　　生疑。我从不曾、也永不会变心。

理查王　　　那去吧,召集军队,但要把您儿子,乔治·斯坦
　　　　　　利,留下。确保您的心是牢靠的,否则,他脑袋
　　　　　　的安全可脆弱难保。

斯坦利　　　等您见证了我的忠诚,随您怎么对付他。(下。)

(信差甲上。)

信差甲　　　我仁慈的君王,眼下在德文郡①,我从朋友处获
　　　　　　知,爱德华·考特尼爵士,还有他哥哥,那位傲
　　　　　　慢的教士,埃克塞特主教②,联合更多同盟者,
　　　　　　已经起兵。

(信差乙上。)

─────────────

　　①德文郡(Devonshire):位于英格兰西南部。

　　②埃克塞特主教(bishop of Exeter):彼得·考特尼(Peter Courtney),与爱德华·考
特尼爵士是堂兄弟,里士满加冕亨利七世之后,受封为德文伯爵(Earl of Doven)。

信差乙　　在肯特,陛下,吉尔福尔家族①起兵了,每小时
　　　　　都有更多同伙成群涌向叛军,他们的兵力正在
　　　　　增强。

(信差丙上。)

信差丙　　陛下,伟大的白金汉的军队,——

理查王　　你给我滚,猫头鹰②!除了死亡之歌,没别的
　　　　　了?(打信差丙。)先挨我一击,等你带来稍好的消
　　　　　息再说。

信差丙　　这个消息非禀报陛下不可,因天降暴雨、突发
　　　　　山洪,白金汉的军队被冲散。他本人独自游荡,
　　　　　没人知道去向。

理查王　　请你别见怪。拿上我的钱袋,算补偿刚才那一
　　　　　下。(给钱袋。)可有哪位脑子清楚的朋友通告悬
　　　　　赏抓住这个叛徒?

信差丙　　已发出这样的通告,陛下。

(信差丁上。)

信差丁　　陛下,据说托马斯·洛弗尔爵士,多赛特侯爵勋
　　　　　爵,在约克郡起兵了。但我给陛下您带来一个
　　　　　好消息,——暴风雨驱散了布列塔尼的舰队。
　　　　　里士满,乘一只小船,在多赛特郡靠了岸,问岸

---

　　① 肯特郡亨普斯特德(Hempstead)一豪门世家。
　　② 猫头鹰(owls):即夜枭。旧时认为猫头鹰的叫声预示死亡,故夜枭被认为是报
凶信的恶鸟。

上那些人是不是他的支持者，那些人回答他，白金汉派他们来帮助他。他，信不过他们，又升起船帆，向布列塔尼驶去。

理查王　我们既已兴兵作战，那就进军，进军。即便不向外敌开战，也要击败国内这些反贼。

（凯茨比上。）

凯茨比　陛下，白金汉公爵已被捕获。——这是最好的消息。里士满伯爵率一支强大的军队在米尔福德①登陆，这是个令人不快的消息，但不能不说。

理查王　向索尔斯伯里进军！我们在这儿交谈之时，一场王位之战可能输赢已定。——派人传令，将白金汉押往索尔斯伯里。其他人随我进军。

（众下。）

---

　　①米尔福德(Milford)：位于威尔士彭布罗克郡一港口。历史上，里士满的舰队于1483年10月12日夜被大风吹散，进攻告吹。又于近两年后的1485年8月1日，再次率军进发，8月7日在米尔福德登陆。莎士比亚在此将里士满的两次海上进军合二为一。

第五场

伦敦,斯坦利勋爵家中一室

·

(斯坦利与克里斯托弗·厄斯威克教士①上。)

斯坦利　　　克里斯托弗教士,把我的原话告诉里士满,——我儿子乔治·斯坦利在这头最残忍的野猪②的围栏里,遭关押拘禁。我若反叛,年轻的乔治就要掉脑袋。这一顾虑阻止我立即发兵支援。那你去吧,代我向你的主上致意。此外,告诉他王后已痛快答应把女儿伊丽莎白嫁给他。但告诉我,高贵的里士满眼下在哪儿?

克里斯托弗　威尔士,不在彭布罗克,就在哈弗福韦斯特③。

斯坦利　　　他那里聚集了哪些显要人物?

---

①厄斯威克教士是里士满之母里士满侯爵夫人的告解神父。
②野猪(boar):代指理查。
③哈弗福韦斯特(Ha'rfordwest):位于米尔福德港北面的一城镇。

克里斯托弗　　有沃尔特·赫伯特爵士①,一名有威望的军人;有吉尔伯特·塔尔伯特爵士、威廉·斯坦利爵士、牛津伯爵,可敬的彭布罗克伯爵、詹姆斯·布伦特爵士;有率领一群勇士的托马斯之子里斯;还有许多其他有名望、受尊敬的人。如果中途不交战,他们的军队便直逼伦敦。

斯坦利　　　　好,快去你主人那儿,说我吻他的手,我的信会叫他弄清我的意图。再会。(众下。)

---

① 此处所提之人,大多与里士满沾亲带故。

第五幕

第一场

索尔斯伯里,一空地

(手持长戟的卫士与郡治安官上,押白金汉去受刑①。)

白金汉　　理查国王就不肯听我说句话吗?

治安官　　不肯,仁慈的大人,因此,要镇静。

白金汉　　海斯汀,爱德华的孩子们,格雷和里弗斯,神
　　　　　圣的国王亨利,还有你俊美的儿子爱德华,沃
　　　　　恩,及一切在隐秘、堕落、邪恶的不公之下受
　　　　　害遭难的人,——倘若你们恼怒不满的灵魂
　　　　　能透过云层见到此情此景,哪怕为了复仇,嘲
　　　　　笑我的毁灭吧! ——今天是万灵节②,伙计,不
　　　　　是吗?

---

①历史上,1483 年 11 月 2 日白金汉公爵受刑被处死。他原藏身在什鲁斯伯里
(Shrewsbury)附近一仆人家,遭出卖被捕。

②万灵节(All Soul's day):始于 11 世纪的一个天主教节日,原为天主教会纪念
已去世的教徒,亦称"追思节"。后教会随将"万圣节"(11 月 1 日)的次日(11 月 2 日)
定为万灵节。在这一天,生者可纪念逝者,并为逝去的亡灵祈祷。

白金汉　今天是万灵节,伙计,不是吗?

治安官　是,大人。

白金汉　哎呀,那万灵节就是我躯体的末日。

治安官　　是，大人。

白金汉　　哎呀，那万灵节就是我躯体的末日。爱德华国王
　　　　　在位之时我立过誓，一旦发现我对他的孩子和
　　　　　妻子的亲人不忠，愿今天这个末日落在我头上；
　　　　　凭我最信任之人骗了我的忠诚，愿今天这个末
　　　　　日落在我头上。这个，这个万灵节对于我惊恐的
　　　　　灵魂，是结束我长期作恶的最后期限。那被我戏
　　　　　弄的至高无上、万能的预言家①，把我逢场作戏
　　　　　的祈祷转回到我头上，把我假意乞求的东西真
　　　　　心赐给我。如此，他硬是把邪恶之人的剑尖儿转
　　　　　向他们自己主人的心窝。如此，玛格丽特的诅咒
　　　　　重重地落在我脖子上。——她说过："当他用悲
　　　　　痛劈裂你的心窝，记住玛格丽特是一个女先
　　　　　知。"——

　　　　　　　来，行刑官，引我去耻辱的木砧，
　　　　　　　罪只归于罪，恶行自有恶行回报②。(同下。)

---

　　　① 万能的预言家(all-seer)：即上帝。
　　　② 参见《旧约·诗篇》7:16："他要因自己的邪恶被惩罚，/ 因自己的暴行受伤
害。"37:14—15："作恶之人拔刀出鞘，弯弓搭箭，/ 要打击穷苦无助之人，杀戮正直之
人。/ 但他们的刀将刺穿自己的心。"

第二场

塔姆沃斯①附近平原

（里士满、牛津伯爵、詹姆斯·布伦特爵士、沃尔特·赫伯特爵士及其他人，偕战鼓、军旗上。）

里士满　　各位武装的战友，在暴政牛轭下受挤压的我最
　　　　　亲爱的朋友们，我们一路行军，未遇阻碍，现
　　　　　已深入这片土地的中心。我这儿接到父亲②
　　　　　斯坦利的来信，字里行间都是亲切的安慰与
　　　　　鼓励。那头卑鄙、血腥、篡位的野猪，——糟
　　　　　蹋了你们的夏日田野和挂满果实的葡萄藤，
　　　　　像吃猪食一样吞咽你们温暖的血，用你们掏
　　　　　空的胸膛做饲料槽，——我们获知，这只丑
　　　　　恶的猪此刻就躺在这座海岛中央，离莱斯特

———————————

① 塔姆沃斯（Tamworth）：英格兰中部斯塔福德郡（Staffordshire）一城镇。
② 父亲（father）：斯坦利是里士满的继父。

镇①不远,从塔姆沃思行军到那儿仅需一天。
以上帝的名义,高兴地进军,勇敢的朋友们,
凭这一场残酷战争的血腥考验,去收割永久
和平的庄稼。

牛津伯爵　向这个罪恶的杀人犯开战,每一颗良心等于
一千名战士。

赫伯特　　我毫不怀疑他的朋友们会倒向我们。

布伦特　　他没有朋友,有朋友也只是出于恐惧,会在
他最紧迫危机之时逃离他。

里士满　　一切对我们有利。那好, 以上帝的名义,
进军。

真正的希望快如飞,它随燕子的双翅飞翔,
它能把国王造成神,把低贱的造物弄成王。
（众下。）

---

① 莱斯特镇(the town of Leicester):莱斯特郡(Leicestershire)一城镇,位于塔姆沃斯以东。

第三场

博斯沃思原野

(理查王身穿铠甲上;诺福克公爵、拉特克利夫、萨里伯爵上。)

理查王　　把我的营帐搭在这儿,就搭在这博斯沃思的原
　　　　　野上。萨里大人,您为何神情如此严肃?

萨里　　　我的心比我的神情轻松十倍。

理查王　　诺福克大人,——

诺福克　　在,最仁慈的陛下。

理查王　　诺福克,我们少不了要猛击一番,哈? 难道不
　　　　　是吗?

诺福克　　少不了双方相互对打,我亲爱的主上。

理查王　　把我的营帐搭起来! 我要在这儿过夜。——(士
　　　　　兵们开始为国王搭营帐。)但明天搭在哪儿?唉,没啥
　　　　　区别。——谁识别出了叛军的数目?

诺福克　　他们的兵力,顶多六七千人。

理查王　　哼,我的军队是这数目的三倍,何况,国王的名

义便是一座坚固堡垒①，这是敌方所缺的。
——把营帐搭起来！——来，高贵的先生们，
让我们去观察一下有利地形，叫几个精通战术
的人来。——

我们不可缺乏战术，不可贻误战机，

因为，领主们，明天是繁忙的一天。(众下，进入营帐。)

(里士满、威廉·布兰登爵士、牛津伯爵、布伦特、多赛特及众士兵上；士兵们为里士满搭营帐。)

里士满　　疲倦的太阳在一道金光中沉落，他那火红战车②的闪亮痕迹，预告明天是个大晴天。——威廉·布兰登爵士，我的军旗由您掌管。——在我的营帐里备些纸和墨水，我要画出战斗部署和初步计划，给每一位统领分别指定任务，把我们小小的兵力分配均匀。——我的牛津勋爵，——您，威廉·布兰登爵士，——您，沃尔特·赫伯特爵士，——跟我在一起。——彭布罗克伯爵留在军中。——高贵的布伦特队长，替我向伯爵道晚安，深夜两点请他来营帐见我。还有件事，高贵的队长，请你代劳，——斯

---

① 参见《旧约·箴言》18:10:"上主如坚固的堡垒，/义人投靠，便得安全。"《旧约·箴诗篇》61:3:"因为你是我的保护者，/我抗拒敌人的堡垒。"

② 即古希腊、罗马神话中太阳神阿波罗的火焰战车。

坦利勋爵在哪儿扎营,您知道吗?

布伦特　　除非认错军旗,——我深信没认错军旗,——
　　　　　他的部队在强大的国王军队以南,至少半英里。

里士满　　如可能不冒险,仁慈的布伦特,想什么好办法
　　　　　跟他说上话,把我这封最紧急的便条交给他。

布伦特　　以我的性命起誓,大人,我这就着手去办。那
　　　　　好,愿上帝叫您今夜安静地休息!

里士满　　晚安,高贵的布伦特队长。(布伦特下。)来,先生
　　　　　们,商讨一下明天的军情。到我营帐里,露水阴
　　　　　冷冰凉。(众人进营帐。)

(理查王、拉特克利夫、诺福克、凯茨比与众士兵上,到营帐前。)

理查王　　几点了?

凯茨比　　晚饭时间,陛下。现在九点钟①。

理查王　　今晚没胃口吃饭。给我些墨水和纸。怎么,我的
　　　　　护面甲弄得比原来松了些?我的盔甲都放我营
　　　　　帐里了?

凯茨比　　是的,陛下,一切准备就绪。

理查王　　高贵的诺福克,快去执行任务。选可靠的哨兵,
　　　　　精心戒备。

诺福克　　我去了,陛下。

---

① "四开本"此处作"六点钟"。博斯沃思之战于8月22日发生,在英格兰,这个
时令的太阳七点以后落山。

理查王	明天云雀一叫你就动身①,高贵的诺福克。
诺福克	我向您保证,陛下。(下。)
理查王	拉特克利夫!
拉特克利夫	陛下?
理查王	派一名传令官的随从去斯坦利军中,叫他在日出之前领兵前来,以免他儿子乔治落入永恒之夜的黑暗洞窟。——(向其他士兵。)给我倒碗酒。——给我一根计时的蜡烛②。——为明天上阵,给我的白马萨里装上马鞍。——看一眼我用的矛枪是否顺手,别太重。(一些士兵下。)——拉特克利夫——
拉特克利夫	陛下?
理查王	见着那位忧郁的诺森伯兰勋爵了吗?
拉特克利夫	他本人和萨里伯爵托马斯,黄昏那会儿,穿梭军中,逐营查看,激励士兵。(一士兵进。)
理查王	这下我就满意了。——给我一碗酒。——我以往常有的敏捷的精神没了,愉快的心情也没了。——(酒送上。)放下吧。——墨水和纸有了吗?

---

① 黎明时分,云雀歌唱。此处是理查命诺福克黎明即起,展开行动。
② 计时蜡烛(watch):一种上面有刻度、燃烧很慢的蜡烛,用来计时。

| 拉特克利夫 | 有了,陛下。 |
| 理查王 | 命卫兵警戒。你去吧。——拉特克利夫,午夜左右来我营帐,帮我穿盔戴甲。我说了,你去吧。(拉特克利夫与士兵们下。理查进入营帐,书写,后入睡。) |

(里士满的营帐帐帘打开,里士满与军官等在内。斯坦利上,进里士满之营帐。)

斯坦利	愿命运和胜利端坐在你头盔上!
里士满	愿黑夜尽其所能给您一切安适,高贵的继父! 告诉我,我高贵的母亲可好?
斯坦利	我,凭代理人起誓,带来你母亲对你的祝福,她时刻不停为里士满的好运祈祷。对此不必多言。沉默的时间悄悄逼近,东方破晓从黑暗里透出一抹微光。简言之,——因为如此时机叫我们这样,——在清晨早做战斗准备,把你的命运交由血腥的打击,和目露死命凶光的战争来决断。我,凡我所能,——我想做的事①还不能做,——会利用一切机会骗过周围的人,在这场胜负未决的武力激战中援助你。但我不能太急于站在你一边,以免,万一被发现,你弟

---

① 我想做的事(that which I would):指打起仗公开支持里士满。

弟①,年轻的乔治,便要在他父亲的眼皮底下被处决。再会。离别这么长时间的朋友本该详谈,但可用、又可怕的时间,剪断了隆重的爱的誓约和彼此充分的愉快交谈。愿上帝为这些爱的仪式赐给我们时间！再说一遍,再会。英勇奋战,顺利成功！

里士满　好心的领主们,护送他回军营。我要反抗烦乱的思绪,睡上一觉,以免当我明天凭胜利的双翅上升时,铅一样重的瞌睡把我压低。仁慈的领主们和先生们,再道一声晚安。(除里士满,均下。)啊,上帝,我把自己当成你的战将,(双膝跪地。)请以充满恩典的目光俯视我的军队。把你愤怒劈杀的铁器②交到他们手里,好让他们凭沉重的一劈,击碎敌人那顶篡位者的头盔！叫我们成为你鞭笞的执行者,好让我们在你的胜利里赞美你！让我在双眼关窗之前,把醒着的灵魂托付给你。啊,睡也好,醒也罢,永远护佑我！(入睡。)

(亨利六世之子、小爱德华亲王的幽灵上,在两个营帐之间游荡。)

---

① 弟弟(brother):里士满同母异父的弟弟。

② 铁器(irons):在此指刀剑矛枪等兵器。参见《旧约·诗篇》2:9:"你(上帝)必用一根铁杖(a rod of iron)打破他们。"《新约·启示录》2:27:"你必将用一根铁杖(an iron rod)统治他们。"此处"铁器"或为对《圣经》中"铁杖"意象的化用。

小爱德华的幽灵	(向理查王。)让我明天重重地坐在你的灵魂上！回想在图克斯伯里，你如何在我的青春华年将我一剑刺穿。因此，绝望吧，去死吧！——(向里士满。)高兴起来，里士满。因为遭屠杀的王子们冤屈的灵魂要为你而战！里士满，亨利国王的儿子在安慰你。
(亨利六世的幽灵上。)	
亨利六世的幽灵	(向理查王。)当我活在世上，我涂过圣油的躯体被你戳得浑身是洞。回想那伦敦塔①和我，绝望吧，去死吧！——(向里士满。)贤德而神圣，愿你成为征服者！曾预言你将成为国王的哈里，在你安睡中抚慰你。愿你长命、兴旺！
(克拉伦斯的幽灵上。)	
克拉伦斯的幽灵	让我明天重重地坐在你的灵魂上！我，可怜的克拉伦斯，淹死在叫人恶心的酒里，你用狡诈的背叛害死了他！明天在交战中一想起我，你那把钝剑就会掉落。绝望吧，去死吧！——(向里士满。)你这兰开斯特家族的后代，含

---

① 《亨利六世(下)》第五幕第六场，亨利六世被理查杀死在伦敦塔。

冤受屈的约克的子女为你祈祷。仁慈的
天使守护你战斗！愿你长命、兴旺！

（里弗斯、格雷、沃恩的幽灵上。）

里弗斯的幽灵 　　（向理查王。）让我明天重重地坐在你的灵
魂上！我乃死在庞弗雷特的里弗斯。绝
望吧，去死吧！

格雷的幽灵 　　（向理查王。）想一想格雷，让你的灵魂
绝望！

沃恩的幽灵 　　（向理查王。）想一想沃恩，带着罪恶的恐
惧，让你的矛枪掉落。绝望吧，去死吧！

三个幽灵 　　（向里士满。）醒来，坚信我们在理查心窝里
的冤屈要征服他！醒来，赢得胜利！

（海斯汀的幽灵上。）

海斯汀的幽灵 　　（向理查王。）血腥罪恶之徒，罪恶地醒来，
在一场血战中结束你的日子！想一想海
斯汀勋爵，绝望吧，去死吧！——（向里士
满。）平静的、无忧无虑的灵魂，醒来，醒
来！为了美丽的英格兰，拿起武器，去战
斗，去征服！

（两位年幼王子的幽灵上。）

二幽灵 　　（向理查王。）梦见闷死在伦敦塔里你的两
个侄子。让我们埋在你心窝里，理查，把
你压向毁灭、耻辱、死亡！你两个侄儿的

灵魂叫你绝望,叫你去死! ——(向里士满。)睡吧,里士满,安然入睡,在快乐中醒来,仁慈的天使护佑你免遭野猪的伤害! 愿你长命,生下一连串幸运的国王! 爱德华两个不幸的儿子要你兴旺!

(安妮夫人的幽灵上。)

安妮夫人的幽灵　　　　(向理查王。)理查,你的妻子,那个可怜的安妮、你的妻子,从不曾与你安稳地睡过一小时,此刻叫你的睡眠充满烦扰。明天在战斗中想一想我,叫你的钝剑掉落。绝望吧,去死吧! ——(向里士满。)你这安静的灵魂,睡一个安稳觉。梦见成功与幸运的胜利! 你的死对头的妻子为你祈祷。

(白金汉的幽灵上。)

白金汉的幽灵　　　　(向理查王。)我,头一个帮你夺取王权,最后一个遭受你的残暴。啊,在战斗中想一想白金汉,愿你在罪行的惊恐中死去!

　　　　继续做梦,梦见血腥行为和死亡,灰心,绝望,愿你在绝望中断气!

(向里士满。)

　　　　　　还没能援助你，我已死于希望，

　　　　　　但要振奋勇气，千万不要沮丧，

　　　　　　上帝和守护天使帮里士满打仗，

　　　　　　叫理查在他骄狂的最高点跌落。（众幽灵消

　　　　　　失①。）

（理查王从梦中惊醒。）

理查王　　给我换一匹马！——给我包扎伤口！——请怜悯我，耶稣！——等会儿！我只是在做梦。啊，怯懦的良心，你折磨得我好苦！烛火燃出蓝光②。这是死寂的午夜。我颤抖的皮肉惊出恐惧的冷汗。怎么？我怕我自己？身边又没别人。理查爱理查，换言之，我就是我。这儿有一个凶犯吗？不。——对，我就是。那么逃吧。什么，逃离自己？之所以如此，强大的理由是，免得我向自己复仇。怎么？自己向自己复仇？哎呀！我爱我自己。何以至此？难道因为我自己给过自己什么好处？啊，不！唉，我宁可恨自己，因为我为自己干过不少可恨之事！我是一个恶棍。可我说谎了，我不是恶棍。傻瓜！说自己好话。——傻瓜，别讨好自己。我良心里长了一千条各式

――――――――――

　　①这里出现的幽灵是一个个单独消失，还是最后一起全部消失，以往各版本并无明确的舞台提示。

　　②旧时迷信认为，当有幽灵出现，蜡烛燃成蓝光。

各样的舌头，每条舌头分别透出一个故事，每个故事都要把我当成恶棍来定罪。发假誓，乃最大程度的伪证罪；谋杀，乃最大程度的凶杀罪；所有不同的罪恶，犯下的所有不同程度的罪恶，全都涌到法庭上，一齐高喊"有罪！有罪！"我要绝望了。世上没一个造物①爱我。如果我死了，也不会有一个灵魂怜悯我。不，——既然自己从自己身上都找不出怜悯之处，他们为何要怜悯我？好像所有遭我谋杀之人的灵魂都来到我的营帐，每个灵魂都威胁，明天的复仇要落在理查头上。

（拉特克利夫上。）

拉特克利夫	陛下！——
理查王	谁呀？
拉特克利夫	拉特克利夫，陛下。是我。村里叫早的公鸡已两次向清晨致敬。您的朋友们都已起身，扣紧了盔甲。
理查王	啊，拉特克利夫！我做了一整夜可怕的梦！——你怎么想？——我的朋友们都会证明忠诚于我？

---

① 造物（creature）：即人。

拉特克利夫　陛下！——

理查王　　　谁呀？

拉特克利夫　拉特克利夫，陛下。是我。村里叫早的公鸡已两次向清晨致敬。

拉特克利夫	毫无疑问,陛下。
理查王	啊,拉特克利夫,我担心,我害怕!——
拉特克利夫	啊,我仁慈的主上,没影儿的事①,别怕。
理查王	以使徒保罗起誓,一整夜的鬼影儿向理查的灵魂袭来的恐惧,比浅薄的里士满所率手执兵器身披坚甲的一万士兵更可怕。好在天还没亮。来,跟我一起去,我要在营帐之下,扮演一个偷听者,听听有没有谁打算背弃我。(理查王与拉特克利夫同下。)

(里士满安坐营帐,其贵族领主们上。)

众贵族	早安,里士满!
里士满	请原谅,领主们和警戒的先生们,你们在这儿逮住一个睡懒觉的人。
众贵族	您睡得怎么样,大人?
里士满	我的领主们,自从你们离开,最甜美的睡眠和预示最吉祥的梦,便一下进入了一个昏睡的脑袋。梦见被理查杀死的、那些躯体的灵魂,都来到我的营帐,祈求胜利。我向你们保证,追忆这样一个美梦,我心里②非常快活。诸位领主,进入黎明还有多远?

---

① 没影儿的事(shadows):理查在下一句将此转化为"一整夜的鬼影儿"。

② 我心里(me heart):此处按"第一对开本"。"牛津版"在此作"我的灵魂"(my soul).

众贵族　　刚打过四点。

里士满　　哎呀,那到了披战甲、下指令的时间。——(里士
满发表战前演说。)亲爱的同胞们,本来我有好多话
要说,但时间所限、形势紧迫,不容细想。但记
住这一点:上帝和我们正义的行动助我们作
战。圣徒们和受冤屈的灵魂的祈祷,像高高的
堡垒,立在我们面前①。除了理查,与我们交战
的对手, 都宁愿我们打赢他们追随的这个人。
因为他们追随的是什么人?老实说,先生们,一
个血腥的暴君,一个杀人犯。一个在血泊里升
入王座,在血泊里稳固权力之人。一个设法达
到目的之人,而且,不惜杀掉那些设法帮助过
他的人。一颗劣质、不值钱的宝石,凭其非法夺
来的英格兰王座的衬托②,变得名贵起来。此人
向来是上帝的敌人。那么,倘若你们与上帝之
敌交战,上帝定会公正地拿你们当他的士兵来
守护。倘若你们肯流汗③打倒一个暴君,一旦杀

---

　　①参见《新约·启示录》6:9—10:“我看见在祭坛下有那些曾为宣扬上帝的道,忠
心作战而被杀的人的灵魂。他们高喊:‘神圣而真实的主啊! 什么时候你才审判地上
的人,为我们所流的血申冤呢? ’”
　　②英格兰王座的衬托(by the foil of England’s chair):国王宝座的底座上镶嵌着
宝石。
　　③肯流汗(do sweat):此处按“牛津版”。“第一对开本”在此作“肯发誓”(do
swear)。

死暴君，你们便可和平地安睡。倘若你们愿与国家之敌交战，国家的财富将以酬金报偿你们的辛苦。倘若你们愿为保护你们的妻子而战，你们的妻子将欢迎胜利者回家。倘若你们愿叫你们的孩子摆脱刀剑，你们的儿孙将在你们年老时报答你们。那么，以上帝的名义和所有这些权利，请你们高举战旗，心甘情愿拔出刀剑。至于我，一旦战败，我大胆行动的赎金，将是冰冷地面上这具冰冷的尸体。可一旦成功，你们中身份最低的人，都将分享到这次行动带给他的那份利益。

　　大胆、欢快地击战鼓、吹号角，

　　上帝和圣乔治保佑里士满胜利！

　　（众下。）

（理查王、拉特克利夫、凯茨比，偕众随从、士兵上。）

理查王	对于里士满，诺森伯兰说了什么？
拉特克利夫	说他从没在战场上受过训练。
理查王	说的倒是实话。那萨里说了什么？
拉特克利夫	他笑了一下，说"这对我们的计划更好"。
理查王	他说得对，的确如此。（钟响。）数着那儿的钟响几声。——给我一本历书。今天谁见着太阳了？

拉特克利夫	我没看见,陛下。
理查王	那他是不屑于闪耀,因为凭这历书,他本该在一小时前造出东方的辉煌①。对某些人这将是黑暗的一天②。——拉特克利夫!——
拉特克利夫	陛下?
理查王	今天见不着太阳了。天空对我的军队皱起眉头,面带怒容。我愿这些泪水般的露珠不在地上。今天不见阳光?咳,难道这对里士满和我会不一样? 对我皱起眉头的上天,对他同样满脸悲愁。

(诺福克上。)

诺福克	拿起武器,拿起武器,陛下! 敌人在战场上炫耀。
理查王	来,动起来,动起来,——给我的马备好马披。叫醒斯坦利勋爵,命他率军前来。我将率军前往平原, 我的战斗阵型要这样部署:——我的先锋部队一字展开,骑兵、步兵各半。我军弓箭手放在中间。这些步兵、骑兵,由诺福克公爵约翰、萨里伯爵托马

---

① 造出东方的辉煌(braved the east):意即太阳从东方升起。
② 黑暗的一天(a black day):意即或阴郁、或倒霉、或不吉利的一天。

斯分别统领。他们就位以后,我在主战场跟进,步兵、骑兵的两个侧翼,由我军精锐骑兵策应攻击。这样部署,加上圣乔治助战! ——诺福克,你觉得如何?

诺福克　　　一个出色的作战部署,神勇的君王。今早在我营帐里发现了这个。(递呈字条。)

理查王　　　(读。)"诺福克的乔基,不必那么勇敢,

　　　　　　　因有人拿你主人迪肯做了交易。"①
敌人伪造的一个东西。——去吧,先生们,各自执行任务,别让瞎胡扯的梦话吓坏我的灵魂。因为良心是懦夫惯用的一个词,最早编造它只为吓退强者。我军坚固的盔甲②是我们的良心,刀剑是我们的法律。

　　　　　　进军,英勇奋战,打它个乱七八糟,

　　　　　　如果不能上天堂,那就携手下地狱。——
(向全军演说。)除了讲明的,我还能再说什么?记住与你们交战的都是些什么人:——一

---

① 乔基(Jockey):意即赛马的骑师,为"约翰·金"(John-Kin)之缩写,"约翰"(John)乃约翰·诺福克名字的昵称。而"迪肯"(Dickon)是"迪克"(Dick)之爱称,另有"魔鬼"之意,即指理查。在"第一对开本"中,这个字条由诺福克公爵自己读出。此处按"牛津版"。

② 坚固的盔甲(strong arms):也可解作"强大的军队"。因后边是"刀剑",故在此解作"盔甲"(arms, i.e. armour.)。

帮流氓、无赖、逃亡者，一伙布列塔尼的败类、
跑腿儿侍候人的贱民。被他们撑得恶心腻歪的
国家，将这群人呕吐出来，在绝望中冒险，并注
定毁灭。你们睡得正香，他们前来骚扰。你们有
田产，有美丽的妻子相伴，他们却来剥夺你们
的田产、玷污你们的妻子。谁指挥他们？区区一
个卑鄙之徒，靠我母亲的资助长期留在布列塔
尼①。一个窝囊废，一个一辈子都不曾在没过鞋
面的雪里感受过寒冷的人。让我们鞭笞这群流
氓，再把他们赶到海上，把这些法兰西狂妄的
废物从这儿用鞭子打回去。这些饥饿的乞丐，
活腻歪了。他们，可怜的鼠辈，只因缺衣少食，
才梦想这次愚蠢的远征，否则，早把自己吊死
了。倘若我们能被征服，让好汉们来征服，不能
败给这些布列塔尼杂种。这些人，我们的祖辈
曾在他们本土②击败过他们，狠打猛揍，有史可
查，把耻辱留给他们的后代。能让这些人享用
我们的土地、睡我们的妻子、强暴我们的女儿

---

① 此处我母亲为莎士比亚对霍林斯赫德《编年史》的以讹传讹，因为理查之母
并非里士满之母。而且，历史上，里士满长留布列塔尼属"名义看管"，一切费用由布
列塔尼公爵查理（Charles）支付。
② 本土（land）：此处或含性意味，暗指"性领土"，代指"这些人"前辈的妻子、
女儿。

吗?（远处鼓声。）听！我听到他们的鼓声。战斗，英格兰的贵族！战斗，勇敢的自耕农①！弓箭手，拉满弓，拉到只露一个箭头儿！用马刺狠踢你们俊美的战马，任浴血的战马②驰骋，凭你们折断的矛枪恐吓苍天！

（一信差上。）

理查王　斯坦利勋爵说什么？他能率军前来吗？

信差　陛下，他拒绝来。

理查王　砍掉他儿子乔治的头！

信差　陛下，敌人已越过沼泽。等打完仗，再让乔治·斯坦利掉脑袋。

理查王　我心窝里有一千颗激荡的心！高举战旗，向敌人进攻！从前的战斗呐喊，光荣的圣乔治，凭火龙的狂怒③激励我们！向他们进攻！胜利之神④降在我们头盔上！（众下。）

---

①自耕农(yeoman)：即自由民，社会地位在绅士之下。此处自耕农都是由理查王招募来的士兵。

②浴血(in blood)：此处指战马因骑兵们用马靴上的踢马刺狠踢马腹，使马腹浴血。

③火龙的狂怒(the spleen of fiery dragons)：此为化用"圣乔治屠龙"之典故。传说古老欧洲有一城堡，有一恶龙欲逼迫堡主用其美丽的女儿做祭品，正当恶龙要接受这份"活祭"之时，上帝的骑士圣乔治以主之名出现，经过激战，杀死恶龙。地上的龙血形成一个十字。英格兰不仅把圣乔治视为守护神，而且其王国的旗帜是红色十字旗，即"圣乔治十字旗"。

④胜利之神(Victory)：即古希腊神话中的胜利女神尼克(Nike)，被视为胜利的象征和化身。中译本在此多译为"胜利"(victory)。

第四场

博斯沃思原野,战场另一部分

(战斗警号。两军过场交战。诺福克率军上;凯茨比上,相遇。)

凯茨比　　救援,诺福克大人! 救援,救援! 国王演出了超
　　　　乎一个凡人的奇迹,面对每一个危险,都敢于
　　　　向敌人挑战。他的马被杀了,全靠步行奋战,在
　　　　死神的喉咙里寻找里士满。救援,可敬的大人,
　　　　救援,否则,这一仗输定了!

(战斗警号。理查王上。)

理查王　　一匹马! 一匹马! 用我的王国换一匹马!

凯茨比　　闪到一旁,陛下,我帮您找一匹马。

理查王　　奴才! 我把性命押给了死神,我要瞄准机会跟
　　　　死神掷骰子①。我觉得战场上有六个里士满,

---

　　① 死神(die):与"骰子"(dice)谐音双关。理查王拿生命做赌注,要与死神掷骰子
决定生死。

我今天杀了五个①，都是冒充他的。——一匹马！一匹马！用我的王国换一匹马！（下。）

①此句意即，理查王已杀死五个化装成里士满的敌人。

第五场

博斯沃思原野,战场另一部分

(战斗警号。理查王和里士满上,两人交战,理查王被杀。收兵号,喇叭奏花腔。里士满上。斯坦利手捧王冠,与其他贵族等率军上。)

里士满　　赞美上帝和你们的武力,胜利的朋友们! 胜利是我们的,这条嗜血的狗死了。

斯坦利　　勇敢的里士满,你表现出色。瞧,这儿,我把这被篡夺已久的君王的徽章①, 从这死去的凶残恶棍的殿堂②摘下,来使你的额头蒙受恩典。戴上它,享受它,充分利用它。

里士满　　上天的伟大上帝,请对大家说一声"阿门"! 但告诉我,年轻的乔治·斯坦利还活着吗?

斯坦利　　活着,我的主上,在莱斯特城中,很安全。您若

---

① 君王的徽章(royalties):代指王冠。
② 殿堂(temples):把人的额头喻为躯体的殿堂。

斯坦利　勇敢的里士满,你表现出色。瞧,这儿,我把这被篡夺已久的君王的徽章,从这死去的凶残恶棍的殿堂摘下,来使你的额头蒙受恩典。戴上它,享受它,充分利用它。

愿意,我们可以离开这里,到那儿去。

里士满　双方有哪些身居高位的人被杀?

斯坦利　诺福克公爵约翰,弗里斯勋爵沃尔特,罗伯特·布雷肯伯里爵士,还有威廉·布兰登爵士。

里士满　按各自身份分别掩埋。对逃奔归顺我方的士兵宣布赦免。然后,按我在领圣餐时立下的神圣誓言,将白玫瑰和红玫瑰联成一体①。愿上天对这美好的联姻微笑,你对他们的仇恨蹙眉良久!——哪个叛徒听了我的话,不说一声"阿门"? 英格兰疯狂日久,害了她自己。兄弟盲目地让兄弟流血,父亲暴虐地杀死亲儿子,儿子被迫杀死生身父亲。这一切分裂了约克和兰开斯特,他们可怕的争吵造成分裂!啊,现在让里士满和伊丽莎白, 两家王室家族的真正继承人,凭上帝的美好法令结在一起! 让他们的子孙,——上帝, 倘若你愿意,——以欢心愉快的和平、以面露微笑的富足、以美好繁荣的日子,充实未来的时间! 仁慈的主,若有叛徒要把这血腥的日子带回去, 再使可怜的英格兰

---

　　① 里士满加冕亨利七世,娶爱德华四世之女伊丽莎白为王后。至此,始于1455年,在"白玫瑰"(约克家族)和"红玫瑰"(兰开斯特家族)之间爆发的玫瑰战争,终在持续了三十年之后,于1485年结束。

在鲜血的溪流里哭泣,愿你挫钝他们的剑锋!

　　谁要以叛国侵害这美丽国土的和平,

　　谁就休想活着感受这片国土的成长!

　　内战的伤口现不再流血,和平又新生,

　　愿她在这里永生,上帝说"阿门!"①(众下。)

（全剧终）

---

① 她(she):应指古希腊神话中的和平女神厄瑞涅(Eirene)。此处"上帝说'阿门'!"(God say 'Amen'!)意为"上帝说'那就这样吧,我同意了!'"即里士满愿上帝恩准让和平女神在这里(英格兰)永生。

理查三世：
莎剧中一个凶残嗜血的坏国王

傅光明

简言之，《理查三世》描写身为护国公的权谋家格罗斯特公爵理查，为篡夺王位不择手段，最终成为短命的英格兰国王理查三世。

《理查三世》在 1623 年出版的"第一对开本"中，被归入历史剧一组，一般大都如此认定。但在最早的"四开本"（Quartos）里，它被称为悲剧，如 1597 年出版的"第一四开本"，其标题页的剧名是《国王理查三世之悲剧》（*The Tragedy of King Richard the Third*）。事实上，若单论篇幅，在全部莎剧中，它以仅次于《哈姆雷特》的长度位居第二。而若单拿"第一对开本"来说，因收入其中的《哈姆雷特》的篇幅比"第二四开本"《哈》剧短，遂使《理查三世》夺得"第一对开本"中的剧作篇幅之冠。

一、写作时间和剧作版本

1. 写作时间

虽说名噪一时的书商安德鲁·怀斯（Andrew Wise，1589—1603）

在伦敦书业公会(Stationers Company)登记《理查三世》的时间是
1597年10月20日，印刷商瓦伦丁·西梅斯 (Valentine Simmes，
1585—1622)为他在次年(1598)印刷，但一般认为，《理查三世》
的写作时间约在1593或1592至1593年之间。理由很简单：莎
士比亚写《理查三世》深受与他生于同年的诗人、戏剧家克里斯
托弗·马洛(Christopher Marlowe，1564—1593)的剧作《爱德华二
世》(Edward Ⅱ)的影响，因马洛死于1593年，其《爱德华二世》的
写作，不可能比1592年更晚。马洛的《爱德华二世》被视为英国
最早的历史剧之一。

　　另外，《理查三世》是莎士比亚"第一历史四联剧"(《亨利六
世(上)》《亨利六世(中)》《亨利六世(下)》《理查三世》)系列的最
后一部，它与莎士比亚的一连串喜剧，或再加上《提图斯·安德洛
尼克斯》(Titus Andronicus)，均属于早期莎剧。

　　《理查三世》是《亨利六世(下)》的续篇，可能写于《亨利六
世》完稿后不久。想必"亨六(下)"在1592年9月之前已经问世，
因为当时已离临终不远的"大学才子派"诗人、戏剧家罗伯特·格
林(Robert Greenes，1558—1592)在其小册子《小智慧》(Groatsworth
of Witte)(书名直译为《只值一格罗特的智慧》，即《只值一个钱的
智慧》)中，滑稽地模仿了一句戏词，并以此歪曲莎士比亚。格林
把剧中约克对玛格丽特恶语相向的 "裹了一层女人皮的老虎
心！"这句话，转化为对莎士比亚的攻击："……我们的羽毛美化
了一只自命不凡的乌鸦，他以 '一个戏子的心包起一颗老虎的
心'，自以为能像你们中的佼佼者一样，浮夸出一行无韵诗。"

　　可能，格林在伦敦的剧院因瘟疫于1592年6月关闭之前某

一时间,在伦敦看过"亨六(下)"的演出。格林之所以认定戏仿莎士比亚有效,或出于他相信许多观众可能已看过"亨六(下)",何况他选择嘲弄的这句台词令人难忘。1592 年夏,尽管伦敦一家剧团已在各省巡演过该剧, 但格林在与读者分享戏剧体验时仍满怀自信,这显示出他自己的戏不断重复上演,城里人都涌入剧场来看,而非在城外瞥一眼巡回演出。言外之意,他的戏比莎剧叫座、好看。

不管"亨六(下)"成戏于 1592 年春、还是夏,两部戏之间的连续性暗示,尽管莎士比亚同一时间还写了其他戏,但《理查三世》无疑接在"亨六(下)"之后。《理查三世》大概完稿于 1593 年,但直到 1594 年下个戏剧演出季,可能一直没在伦敦上演。

事实上,没什么证据有助于确定《理查三世》最早的成稿时间。写完"亨六(下)",莎士比亚的戏剧家生涯顺风顺水,但这些戏究竟写于十六世纪九十年代早期、甚或更早,只能凭猜测。因这两部戏都取材自霍林斯赫德 1587 年版的《编年史》,其写作不可能早于这个时间。西德尼·尚克尔(Sidney Shanker)猜想,莎士比亚要用詹姆斯·布伦特爵士这个角色去讨好斯特拉福德的布伦特家族,可直到 1588 年,这个家族仅有一人受封骑士,似乎不值得巴结。

假如这个猜测是对的,那 1588 年便是《理查三世》的最早写作时间。哈罗德·布鲁克斯(Harold Brooks)提出,克里斯托弗·马洛的《爱德华二世》(可能是马洛的倒数第二部戏),是对《理查三世》的回应。凭这一论调,《理查三世》必定问世已有时日,足以让马洛于 1593 年春去世之前,借鉴该戏、并写出《爱德华二世》和

《浮士德博士》两部戏。哈蒙德(Hammond)同意布鲁克斯的推测,认为《理查三世》写于 1591 年。但斯坦利·威尔斯(Stanley Wells)和加里·泰勒(Gary Taylor)指出,布鲁克斯发现的《爱德华二世》和《理查三世》两者间戏文相似,这一现象在当时极为常见,可能都取材于别处。马洛的《浮士德博士》也似乎回应了莎剧《理查三世》中象征"绝望与死亡"的幽灵,如果把这一回应视为采用,《浮士德博士》的写作时间则与《理查三世》1592—1593 年的写作时间相一致。

2. 剧作版本

《理查三世》在 1623 年"第一对开本"之前,印行过六个版本的"四开本":第一四开本(1597)、第二四开本(1598)、第三四开本(1602)、第四四开本(1605)、第五四开本(1612)、第六四开本(1622)。

1597 年印行的第一四开本,标题页的剧情介绍如下:

> 国王理查三世之悲剧。内含其奸诈背叛哥哥克拉伦斯之阴谋,对其被杀死的无辜侄儿之同情,其暴虐之篡位,其令人憎恶之生命历程,及其最应遭报应之死。该戏近期已由内务大臣仆人剧团荣耀演出。

从版本来看,"第一对开本"比"四开本"篇幅长,多出约五十段新增的共计二百余行台词。然而,"四开本"中有二十七段共计约三十七行台词,为"第一对开本"所缺。出现这种情形,可能同这部戏在演出时经常删减相关。演出时,当有些次要人物被整体移除后,为建立人物之间的自然联系,需要额外虚构或依序把别的地方的诗行添加过来。诚然,删减的更深层原因也可能在于,莎士比亚假定他的观众们因对作为《理查三世》前传的《亨利六世(下)》剧情已熟,足以凭此与其他相关事件建立关联,如理查谋杀亨利六世,以及击败亨利六世的遗孀王后玛格丽特。

此外,"第一对开本"和"四开本"两个戏文版本,尚存在约百余处其他不同,包括角色独白和角色间对白用词之不同,同时,另有一些句法的变化及单词的拼写也不相同。这属于莎剧版本研究的范畴,在此不赘。

不过,有一点显而易见,莎剧版本之不同,并非由莎士比亚本人造成。《理查三世》并无例外,从戏文中的错误不难推断,"四开本"是基于演员的"记忆重建"(memorial reconstruction),即剧团(也可能是书商,或剧团与书商协作)把演员的台词收集起来,由书商编印。没人知道演员为何这么做,可能他们认为,剧团要以此替代有错误的演出台词本。

简言之,不管怎样,因"第一对开本"核校并改正了许多"四开本"中诸如讹误、句法、拼写之类的问题,最具权威性。

二、原型故事与理查三世的真历史

1. 关于原型故事与"一匹马"

《理查三世》是莎士比亚"第一历史四部曲"中的最后一部——紧跟三部描绘亨利六世统治的剧作之后。显然,莎士比亚写这四部戏之初衷,意在把玫瑰战争搬上舞台。

莎士比亚写这部戏像写"亨六"三联剧一样,均从爱德华·霍尔和拉斐尔·霍林斯赫德二位霍姓前辈的编年史里取材。霍尔的《兰开斯特与约克两大显族的联合》(*Union of the Two Noble and Illustre Famelies of Lancastre and York*)(1548)，合并了托马斯·莫尔爵士约写于1513年这一版的《理查三世的历史》(*History of Richard Ⅲ*)。因霍林斯赫德1587年二版的《英格兰、苏格兰和爱尔兰编年史》(*Chronicles of England, Scotland and Ireland*)，又从霍尔那里改编了莫尔的《历史》，故应把莫尔的《历史》视为莎剧《理查三世》的主要"史料"来源。不过，莫尔的《历史》是未完稿，只写到理查登上王位。

追本溯源，莎士比亚更凭借的，是霍尔和霍林斯赫德对理查之衰落及最终兵败博斯沃思原野(Bosworth Field)的描写，而他们凭借的是都铎王朝早期史学家波利多尔·弗吉尔(Polydore Vergil, 1470—1555)。尽管如此，无论这些编年史，还是莎剧，都渗进了莫尔对理查的反讽。换言之，莎士比亚对理查的糟改源于莫尔。

都铎王朝早期的史学家们，为赞美亨利七世(里士满)及其继任者，明显有意诋毁理查。的确，十五六世纪的历史观，包含选择性地利用历史事件进行政治和道德说教。现代史学家似乎反对这么做。然而，毕竟许多关于理查之邪恶的故事源于理查自己当朝时，或随后时代的描述，因此很难说，这些早期叙事是有意宣传，还仅是为反映传统的文学，并以说教为目的编写中世纪历史。

时至1934年，人们第一次发现，原来最早为人所知、把理查作为篡位者来描绘的记述，来自意大利牧师多米尼克·曼奇尼。

曼奇尼这份记述写于 1483 年,此时离亨利·都铎 1485 年击败理查尚有两年之遥，他绝不可能神仙般料到两年后会出现一个都铎王朝。但仅凭时间,不足以确保曼奇尼下笔之公允客观。实情是,甭管那些亲历过理查统治的人怎样看理查,在莎士比亚生活的伊丽莎白(女王是亨利·都铎的孙女)时代,甚至更早,人们早已接受这样一种事实,即理查是个血腥的暴君和杀害儿童的凶犯。

作为一名天才编剧,莎士比亚写理查,除了编年史里的原型故事,当然会博采众家之长,尤其英国本土的"连环剧"(中世纪后期英国宗教剧的一种类型，主要展示从上帝创造万物到末日审判的圣经故事)和"道德剧"。诚然,不仅从《理查三世》中的女性角色——她们向来被比作罗马悲剧家塞内加(Seneca)笔下的特洛伊妇女,而且,还从修辞变化、诸多幽灵形象及理查这一恶棍枭雄本身,甚或从理查的禁欲主义,都能见出古典戏剧对该剧的影响。而且,莎士比亚还从其他秉承了塞内加式传统写作的同时代英国戏剧家，尤其托马斯·基德和克里斯托弗·马洛那里汲取灵感。

此外,莎士比亚应该借用过《官长的借镜》(*A Mirror for Magistrates*)这部 16 世纪关于历史人物之衰落的"悲剧"诗集,他八成读过书中引述的出自理查、克拉伦斯、海斯汀、爱德华四世、白金汉公爵,甚至简·绍尔夫人说过的话。当然,他并没节外生枝,把绍尔与海斯汀勋爵的艳情故事戏剧化。

还有一点,即便莎士比亚知道托马斯·莱格(Thomas Legge,1535—1607)约于 1579 年完稿、却未出版的拉丁文剧作《理查三世》(*Ricardus Tertius*),但他似乎并未加以利用。顺便一提,莱格的这部《理查三世》被视为写于英格兰本土最早的一部历史剧。

最值得一提的是,1594 年有一部无名作者的英国本土戏《理查三世的真正悲剧》(*The True Tragedie of Richard the Third*)出版,也许其完稿时间在几年之前。在这部戏里,似乎有些台词,尤其理查在第十八场戏里呼唤一匹新马,"预先"使用了莎剧中的台词。

国王　一匹马,一匹马,一匹新马。

侍童　快逃,陛下,保您活命。

国王　逃跑的奴才,你瞧我想逃。

刚才为何说"预先"?因为要给莎士比亚脸上贴金的后人认为,这部无名作者的《理查三世的真正悲剧》可能借自莎士比亚,而不是反过来。其理由是:哪怕这部《理查三世的真正悲剧》完稿在先,其印刷文本里的这段著名独白,也极有可能经一个抄写员之手,从莎士比亚完稿于后、却更受欢迎的《理查三世》里捡过来。然而,无论如何,虽说该剧文本常被贬为一部"坏四开本",但莎剧中理查在生命最后时刻说出的那句令人称绝的独白"一匹马!一匹马!用我的王国换一匹马!"更有可能借自无名作者。理由是:莎士比亚编戏,从不在乎从谁那儿借了什么,更不在乎自己死后谁将探究莎剧中的"一匹马"和《理查三世的真正悲剧》里的"一匹马"到底谁借谁。

由此,不难推断,激活莎士比亚"一匹马"这根敏感神经的,除了《理查三世的真正悲剧》里的"一匹马"，可能还有"大学才子派"诗人、戏剧家乔治·皮尔（George Peele，1558—1596）《阿尔卡扎之战》（*The Battle of Alcazar*）里的"一匹马"：

> 摩尔人　一匹马，一匹马，一匹马奴才
> 　　　　愿我能立刻过河、飞逃。
> 男孩　　这是一匹马，大人。

也许，仍会有人咬定，是皮尔从莎士比亚那儿借了"一匹马"，而非相反。

做一个合理推断有那么难吗？简言之，尽管无名作者的《理查三世的真正悲剧》与莎剧《理查三世》有结构上的对应，但理查在无名作者笔下，是一个缺乏决断力的国王，而莎士比亚要写的是一个杀伐决断的血腥暴君，他只需从中借"一匹马"拿来一用。但必须承认，这"一匹马"经莎士比亚一借，似乎倏忽间就变成了理查以戏剧方式告别舞台、告别历史的象征，成了中世纪英格兰最后一位死于战场的国王的符号，成了后人眼里莎士比亚妙笔生花的天才"原创"。

2. 关于理查的真历史

理查三世（1452—1485），从1483年直到1485年去世，他一直是英格兰国王兼爱尔兰总督。他是约克王朝、也是普朗塔热内（金雀花）王朝最后一位国王。他在博斯沃思之战，即玫瑰战争最后一场战斗中兵败身亡，标志着中世纪英格兰的结束。他是莎士比亚历史剧之一《理查三世》的主人公。

以上这段话，堪称今天对理查的标配版描述。但莎剧之理查，远不等于历史之理查。在论析被莎士比亚戏说的理查之前，有必要对理查的真历史稍作梳理。

理查 1452 年 10 月 2 日生于英格兰中部北安普顿郡的福瑟陵格城堡(Fotheringhay Castle)，在约克公爵理查(Richard, Duke of York)和塞西莉·内维尔(Cecily Neville)夫妇所生十二个孩子中排行十一，也是活下来的最小一个。

1455 年，三岁的理查赶上约克家族和兰开斯特家族之间爆发玫瑰战争。从此，英格兰王权飘摇，为夺取王位，两大家族周期性爆发内战。约克家族支持理查的父亲，认定亨利六世与生俱来的王位理应由约克公爵继承，他们反对亨利六世及其妻子安茹的玛格丽特(Margaret of Anjou)政权。兰开斯特家族则忠于当朝执政的王室。

1459 年，约克公爵及其家族的支持者被迫逃离英格兰，理查和哥哥乔治由姑姑、白金汉公爵夫人照管，可能也得到坎特伯雷大主教的关照。1460 年，当父亲和哥哥拉特兰伯爵埃德蒙(Edmund, Earl of Rutland)在韦克菲尔德之战被杀，理查和乔治被母亲派人送往低地国家(即今荷兰、比利时、卢森堡)避难。

随着约克家族于 1461 年 3 月 29 日在陶顿之战击败兰开斯特，兄弟二人返回英格兰。6 月 28 日，哥俩儿参加了大哥爱德华四世的加冕典礼。同时，理查受封格罗斯特公爵及嘉德骑士和巴斯骑士。1464 年，理查以十一岁之年被国王哥哥任命为西部各县唯一的征兵专员(Commissioner of Array)。十七岁，理查拥有了独立指挥权。

受表兄沃里克伯爵的监护，理查在位于约克郡温斯利戴尔（Wensleydale）的米德尔赫姆城堡（Middleham Castle）度过了大部分童年时光。沃里克因其在玫瑰战争中的作用，成为著名的"造王者"（"The Kingmaker"）。

经沃里克调教训练，理查成了一名骑士。1465 年秋，爱德华四世赏给沃里克一千镑供其花销，用来指导弟弟。理查在米德尔赫姆的时间有两种推断：1461 年末到 1465 年初（十二岁）；1465 年到 1468 年成年（十六岁）。因此，极有可能，理查在沃里克的庄园，遇到了日后坚定支持他的弗朗西斯·洛弗尔（Francis Lovell）和未来的妻子沃里克之女安妮·内维尔（Anne Neville）。或许比这时更早，沃里克已开始考虑战略联姻，想把两个女儿伊莎贝尔（Isabel）和安妮嫁给国王的弟弟。那时候，年轻的贵族们常被送到被父辈相中的未来合伙人的家里进行抚养。

然而，随着爱德华四世与沃里克之间关系变得紧张，国王反对与沃里克联姻。在沃里克有生之年，只有乔治未经国王允准，于 1469 年 7 月 12 日娶了他的长女伊莎贝尔。随后不久，乔治参加岳父的叛军，反对国王。尽管到了 1469 年 8 月，已有传言把理查的名字与安妮·内维尔连在一起，但理查始终效忠爱德华。

后来，沃里克背叛爱德华四世，转而支持前朝玛格丽特王后。1470 年 10 月，理查与爱德华被迫逃往勃艮第。因为在此两年前的 1468 年，理查的姐姐玛格丽特与勃艮第公爵"大胆查理"（Charles the Bold）结婚，落难的兄弟俩指望在这儿受到欢迎。

1471 年 4 月 14 日，沃里克死于巴尼特之战，5 月 4 日，小爱德华死于图克斯伯里之战。

随着这两场战役的胜利,爱德华四世于 1471 年春天恢复王位。在这两场鏖兵激战中,十八岁的理查起了关键作用,立下汗马功劳。图克斯伯里一战,约克家族彻底击败兰开斯特家族。1472 年 7 月 12 日,理查与沃里克的小女儿安妮·内维尔结婚。婚后次年(1473 年),理查与安妮生了一个儿子爱德华·普朗塔热内,却在十一岁那年(1484 年)不幸夭折。

在此必须指出,安妮嫁给理查之前,曾于 1470 年底,与亨利六世之子"威斯敏斯特的爱德华"(Edward of Westminster)订婚,以此作为父亲沃里克与兰开斯特家族结盟的标志,但两人并未正式结婚。

理查因效忠国王、战功卓著,于 1461 年 11 月 1 日被赐予格罗斯特公爵领地,次年生日之时,被委任为英格兰海军上将、并被指派为北方总督。这一切使理查成为整个王国最富有、最有势力的贵族,也是国王的忠诚助手。而跟随岳父沃里克伯爵的叛军,一起攻打过国王的乔治(即后来第一任克拉伦斯公爵),则在 1478 年因叛国罪被国王处死,其后代被剥夺继承王位的权利。

到爱德华国王去世,理查一直掌控北英格兰。在北方,尤其在约克市,理查广受民众爱戴,口碑甚佳。他施政公允,援建大学,资助教会,建立北方议会,颁布了一些保护个人权利的法律。1482 年,从苏格兰人手中重新夺下特威德河畔的贝里克镇,更使其声名大振。

爱德华国王于 1483 年 4 月去世,遗命理查给爱德华之长子、十二岁的爱德华五世担任护国公,享有摄政权。

按照安排,爱德华五世应于 6 月 22 日举行加冕礼。但在加冕之前，理查的一名代表在圣保罗大教堂外宣读了一份声明，宣称基于爱德华四世与伊丽莎白·伍德维尔的婚姻不合法，故其所生之子为私生子，无权继承王位；而理查的哥哥乔治的独子爱德华，也在先王在世时以乔治叛国为由被剥夺王位继承权。因此，英国王位的真正继承人是理查。

6月25日，一场贵族和民众集会通过一项声明，宣布理查为合法的国王。7月6日，理查在威斯敏斯特教堂加冕为英格兰国王。

8月之后，再没有人见过两位年轻的王子（爱德华亲王和弟弟约克公爵理查）的身影。正是从这个时候，对理查下令谋杀了"塔中王子"的指控开始流传。

在1483—1485年理查掌权的短短两年间，理查展露出卓越的执政才能，推行一系列自由化改革措施，如制定保释法案、解除对出版印刷行业的限制。他与安妮王后向剑桥大学国王学院和王后学院捐款，资助教堂，建立了皇家纹章院。

理查统治期间，发生过两次主要反叛。1483年10月，爱德华四世的坚定盟友、理查以前的伙伴白金汉二世公爵亨利·斯塔福德起兵造反，以失败告终，被斩首。1485年8月，亨利·都铎（Henry Tudor）与叔叔加斯帕·都铎率一支法军在南威尔士登陆，行军穿过彭布罗克郡，一路招募士兵。亨利的军队在莱斯特郡博斯沃思市附近击败理查的军队。理查被杀。亨利·都铎登上王位，即亨利七世。

理查之死直接导致始于1154年、统治英格兰三百三十一年的亨利二世的金雀花王朝覆灭，英格兰王国迎来新的都铎王朝。

3. 关于莎剧与历史中的两个理查

莎士比亚像那些影响过他的都铎王朝编年史家们一样，对描绘这个新王朝就像是善良战胜邪恶一样，对于打败旧的金雀花王朝兴致颇浓。出于对新王权之忠诚，自然要把金雀花王朝末代国王理查写成一个恶棍。今天来看，莎士比亚太不厚道，他在戏里非要把理查写成暴君的艺术想象，把本已模糊不清的历史糟改得面目全非。以下详加梳理，既可透出莎士比亚编戏之天才神功，亦有利于廓清理查的真面目。

(1)在莎剧里，第一幕第二场，伦敦塔附近一街道，安妮一边跟随护送亨利六世遗体的棺椁下葬，一边诅咒"他(理查)遭受比蝰蛇、蜘蛛、癞蛤蟆，或任何有毒会爬的活物更惨的命运！"因为公公亨利六世、丈夫小爱德华都死于他手。她一见到理查，便痛骂理查是魔鬼，以"可憎的恶行"犯下"屠杀的杰作"。理查非但不恼，反而凭其护国公之威权，一面坦承"是你的美貌激我起了杀心"，一面向安妮求爱，逼她嫁给自己，并把一枚戒指戴在她手上。

在历史上，虽说安妮曾和小爱德华订过婚，却并未成婚。小爱德华顶多算安妮的前男友。而且，安妮在自己家(沃里克庄园)，早与理查相识，一起度过一段童年时光，属于"两小无猜"。莎士比亚却把安妮写成了被理查刺死的丈夫小爱德华的遗孀。事实上，理查对沃里克伯爵死于巴尼特之战和小爱德华死于图克斯伯里之战，毫无责任。尽管理查以十八岁之年参加了这两场战斗，但当时没有任何记录显示他与其中任何一位的死直接相关。

实际上，仅凭莎剧的素材来源，无法确定理查是否卷入了亨利六世之死。亨利六世很可能是爱德华四世下令杀的，理查却为哥哥当了好几百年的"背锅侠"。

可见，是莎士比亚的戏说之笔，让理查在《亨利六世（下）》里，对沃里克伯爵死于巴尼特之战负有间接责任；让他和哥哥爱德华和乔治一起，在图克斯伯里刺死了小爱德华；让他直接把亨利六世杀死在伦敦塔里！

（2）在莎剧里，第一幕第三场，亨利六世的遗孀王后玛格丽特在王宫出现，痛斥理查"在伦敦塔里，你杀了我丈夫，在图克斯伯里，你杀了爱德华，我可怜的儿子"。继而责骂爱德华四世的遗孀王后伊丽莎白"你们篡夺的一切欢乐，本该属于我"。然后挨个儿向里弗斯、多赛特、海斯汀勋爵等人发出诅咒。这一场轮番斗嘴的大戏煞是好看。第四幕第四场，玛格丽特再次亮相，与理查的生母老约克公爵夫人（即爱德华四世的母亲），及爱德华四世的伊丽莎白王后不期而遇，一位母后、两位遗孀王后，她们仨先各自倾诉悲怨哀苦，等一见理查，又分别向理查发出严厉的诅咒。三个女人一台戏，这台唇枪舌剑的戏堪称精彩。

在历史上，玛格丽特这位前朝王后，作为爱德华四世的囚徒，早于 1475 年回到法兰西。

可见，是莎士比亚的戏说之笔，让她在理查于 1483 年加冕国王之后，又从法兰西回到伦敦，进入王宫。

（3）在莎剧里，第一幕第四场，伦敦塔，理查密令两个刺客杀掉二哥克拉伦斯公爵乔治。二刺客告知乔治奉理查之命前来杀他，克拉伦斯不信："啊！不要诬陷他，因为他很仁慈。"

刺客甲直言："没错，像收割时落雪。——您在骗自己，正是他派我们来这儿毁掉您。"

在历史上,乔治早于 1478 年便被大哥爱德华四世以叛国罪处死。当时,理查正在英格兰北部。何况,理查从北部返回伦敦,也是满足国王让他以护国公(Lord Protector)之职权辅佐幼主统治王国的遗命。

顺便在此一提,出于剧情需要把死于《亨利六世(下)》的拉特兰写成老约克公爵的幼子。而在历史上,理查才是老约克公爵存活下来的幼子,拉特兰是他哥哥。

可见,是莎士比亚的戏说之笔,让理查成为杀兄的幕后黑手!

(4)在莎剧里,第三幕第一场,爱德华四世死后,其长子、年轻的威尔士(爱德华)亲王,与次子小约克公爵从拉德洛(Ludlow)来到伦敦。按继承人顺位,威尔士亲王应加冕为下一任英格兰国王。理查将兄弟二人软禁在伦敦塔里的"王者居所",使其成为"塔中王子"。第三幕第五场,理查命白金汉公爵"尽速跟市长赶往市政厅,在那儿,你选一最好时机,挑明爱德华的几个孩子全是私生子"。以此剥夺爱德华亲王的王位继承权。第四幕第二场,加冕为英格兰国王的理查,明确授意白金汉"我希望这两个杂种死掉,并希望立刻着手办妥"。不料白金汉打了退堂鼓。理查从此不再信任白金汉,他命人找来泰瑞尔爵士,为他除掉"塔中王子"。泰瑞尔收买了戴顿和福勒斯,将"塔中王子"残忍杀害。

在历史上,爱德华四世于 1483 年 4 月 9 日去世之后,其十二岁的长子便继任成为爱德华五世。理查命人将年轻的国王从拉德洛接来伦敦。白金汉公爵建议将国王安置在伦敦塔内的皇王室居所。8 月,"塔中国王"消失不见。爱德华五世何以消失?在他身上到底发生了什么？至今无人知晓。

可见，是莎士比亚的戏说之笔，让理查成为杀死两个亲侄儿的幕后真凶！

诚然，对理查的毁荣谤誉是从"塔中王子"消失那一刻开始的。毕竟，按常理推断，他的嫌疑最大。因此，可能，极有可能，是他下令杀了"塔中王子"。遗憾的是，历史没留下铁证。又因此，之后每个时代都有人提出疑问，试图为理查翻案。

时光进入 20 世纪，英国甚至成立了"理查三世学会"(Richard Ⅲ Society)。被誉为推理小说大师的英国女作家约瑟芬·铁伊(Josephine Tey，1896—1952)更在其成名作《时间的女儿》(*The Daughter of Time*)中，凭缜密的推理和一些来自大英图书馆的珍贵史料，为理查清洗罪名。这位铁伊女士怀疑，亨利七世才是杀死"塔中王子"的幕后真凶。在她眼里，莎剧《理查三世》是对一个好人的恶毒毁谤，是一场吵闹的政治宣传，是一部愚蠢的戏剧！

(5)在莎剧里，理查得以登上国王宝座，全赖与白金汉公爵密谋设计合演了一出天衣无缝的双簧戏。第三幕第七场，白金汉到市政厅，向市民们宣告"塔中王子"是私生子，使其失去王位继承权，随后发表演说，提议"凡钟爱国家利益之人，高呼'上帝保佑理查，英格兰的国王！'"当理查手拿祈祷书，站在两位主教牧师中间——"对一位基督徒亲王，那是两根美德的支柱，"——而这时，白金汉正好与市长及市民们一起前来，"衷心恳求阁下亲自担起您这片国土的王国统治之责，——不是凭您身为护国公、总管、代表，或为他人谋利的低级代理人，而是凭您血脉相传的继承权,凭您天生的权利,凭您的君王版图,凭您自己。"

在历史上,理查成为英格兰国王,则先由一位主教牧师于1483 年 6 月 22 日在伦敦圣保罗大教堂门口宣读爱德华四世与伊丽莎白王后之婚姻属于重婚的证词,使爱德华五世的臣民们不再接受年轻国王的统治。他们拥立护国公理查为新国王。此时,理查已搬至伦敦主教门大街的克罗斯比宫(Crosby Place)。6月 26 日,理查接受国民呼求;7 月 6 日,在威斯敏斯特教堂加冕;1484 年 1 月,凭一项《国会法案》(*Act of Parliament*)使王位依法得以确认。

可见,是莎士比亚的戏说之笔,让理查与白金汉上演了一出假戏真做的双簧!

(6)在莎剧里,理查得以称王,全赖其左膀右臂表兄白金汉鼎力相助。第二幕第一场,白金汉当着爱德华四世的面向王后保证:"白金汉不论何时将其仇恨转向王后,对您和您的家人不怀忠顺之爱,叫上帝凭我最希望爱我之人对我的恨,来惩罚我!"然而,白金汉早与理查结成同谋。第二幕第二场,理查甚至向白金汉表示:"我,要像个孩子似的,由你引导前行。"第三幕第一场结尾,理查向白金汉郑重承诺:"我一当上国王,你就向我要求赫里福德伯爵领地的所有权,以及我国王哥哥拥有的全部动产。"结果,理查登上王位之后,因白金汉不肯去杀"塔中王子",理查对他失去信任,对他的要求置若罔闻。白金汉感觉被骗受辱,遂起兵造反。兵败。第五幕第一场,理查下令将白金汉斩首。白金汉之死应验了他向伊丽莎白王后的起誓,终因"最希望爱我之人对我的恨"而送命。

　　在历史上,理查加冕国王之后,白金汉这位理查从前的盟友便开始与爱德华四世的支持者和整个约克派系密谋, 计划废黜理查,恢复爱德华五世的王位。当"塔中王子"(年轻的爱德华国王和他的弟弟)消失之后,谣言四起,白金汉打算将流放中的亨利·都铎迎回国,夺取王位,并与"塔中王子"的姐姐约克的伊丽莎白结婚。白金汉在其位于威尔士的庄园起兵,向伦敦进军。流放布列塔尼的亨利得到布列塔尼司库皮埃尔·兰戴斯(Pierre Landais)的支持,寄望白金汉能以一场胜利使布列塔尼和英格兰订立一纸盟约。但亨利有些战船遭遇暴风雨,被迫返回布列塔尼或诺曼底,亨利本人的战船则在白金汉兵败之后一周,在普利茅斯抛锚。白金汉的军队同样受到这场暴风雨的困扰,许多士兵开了小差。白金汉试图化装逃跑,遭家臣出卖。11月2日,白金汉在索尔斯伯里"牛头客栈"(the Bull's Head Inn)附近,以叛国罪遭斩首。

　　可见, 是莎士比亚的戏说之笔, 让白金汉成了戏里那副样子,遭虎狼之君所骗,身首异处!

　　(7)在莎剧里,理查是一个残暴血腥的禁欲主义者,孤家寡人,无儿无女,而且,害死了妻子安妮王后。第四幕第二场,理查命心腹凯茨比"向外散布谣言,说安妮,我妻子,病得十分严重,我会下令把她关起来。……我再说一遍,叫人们知道,我的安妮王后病了,估计会死。去办吧。"

　　在历史上,理查与安妮王后在婚后第二年(1473 年)生下独子爱德华·普朗塔热内。他五岁时受封索尔斯伯里伯爵,1483 年8 月24 日受封威尔士亲王,成为王储,1484 年3 月亡故。另外,当时关于理查谋杀妻子安妮的传言毫无根据。1485年3月,安妮可能因患肺结核病亡。

可见,是莎士比亚的戏说之笔,让理查成为杀妻凶手!

(8)在莎剧中,第四幕第二场,理查前脚刚下令凯茨比去害妻子安妮,随后又心生"一宗罪恶":"我必须与我哥哥的女儿结婚, 否则, 我的王国便站在易碎的玻璃上。——杀了她两个弟弟,然后娶她!不牢靠的获利手段!但迄今为止我身陷血腥,一宗罪恶将引出另一宗罪恶。我这眼里容不下同情的泪滴。"第四场,理查便当面逼迫以前的王嫂伊丽莎白将她"贤淑又美丽,尊贵又仁慈"的女儿嫁给他,因为"美丽英格兰的和平仰仗这一联姻。"

在历史上,尽管关于理查要娶自己侄女的谣言早已风传,却并无现存证据显示他打算娶她。实际上,理查当时正在协商一桩婚事, 打算把伊丽莎白嫁给葡萄牙王子贝沙公爵曼努埃尔(Manuel, Duke of Beja),即后来的葡萄牙曼努埃尔一世(Manuel I of Portugal,1469—1521)。

可见,是莎士比亚的戏说之笔,让理查成了一个丧失天伦、非要把亲侄女娶来当王后的暴君叔叔!

(9)在莎剧里,第五幕第四场,因里士满的继父斯坦利拒绝派兵助战,理查只好孤军"演出了超乎一个凡人的奇迹,面对每一个危险,都敢于向敌人挑战。他的马被杀了,全靠步行奋战,在死神的喉咙里寻找里士满"。最终,在"一匹马!一匹马!用我的王国换一匹马!"的绝命呐喊中阵亡。

在历史上,博斯沃思之战不单是理查和里士满(亨利·都铎)之间的战斗,何况理查本有望获胜。理查在由法国长矛兵护卫的里士满的后卫部队发现了里世满，当即率领一队骑兵冲杀过去，却被里斯·艾普·托马斯爵士(Sir Rhys ap Thomas)从里士满身边引开。斯坦利兄弟俩——斯坦利勋爵托马斯 (Thomas, Lord Stanley)和弟弟威廉·斯坦利爵士(Sir William Stanley)，见里士满易受攻击，趁势率军杀入，为里士满助战。理查一见斯坦利，高喊"叛国"。理查骑的白色战马陷进一片沼泽地，人从马上摔下来。有人要给他一匹新马，被拒绝。他徒步作战，直到被砍死。

可见，是莎士比亚的戏说之笔，让理查在绝命之前成为一个恶棍枭雄！

4. 关于理查死于博斯沃思之战的传说

"理查三世的恶行惹得人神共怒，国内叛乱不断，仅在他掌权短短两年之后的 1485 年，亨利·都铎从威尔士起兵，在博斯沃思原野打败理查三世，这位暴君在这场战斗中毙命。"这段文字几乎是后世对"暴君"理查之死盖棺论定的历史描述。

1485 年 8 月 22 日发生的博斯沃思之战，距今五百多年，太过久远。相比真实的历史，传说往往更有生命力。

相传，开战之后，这位曾叱咤风云的英格兰国王纵马驰骋，异常勇猛，不仅将勇冠三军的敌将约翰·钱尼爵士打下马来，还杀了亨利·都铎的掌旗官威廉·布兰登爵士。但作战中，他胯下那匹白色战马，因马掌脱落突然跌倒，把他摔落马下。他眼看敌方将领手持长矛策马奔来，高喊"一匹马！一匹马！用我的王国换一匹马！"(A horse, a horse, my kingdom for a horse)。话音未落，敌将杀到。有的说，理查的头颅被长矛刺中，当场毙命。有的说，一个手持战斧的敌兵砍死了他。无从证实哪个说法是对的。其实，让比莎士比亚年长一百一十二岁的理查三世嘴里高喊莎剧台词,这本身便足以证实历史受了捉弄。

事实上,战斗打响之前,理查像在莎剧中表现的那样自信满满,对胜算十拿九稳:"我们既已兴兵作战,那就进军,进军。即便不向外敌开战,也要击败国内这些反贼。"而且,在兵力上,理查以八千人对里士满五千人,明显占优势。但两军交战之后,战局未按理查的设想进行。由此,喜欢编排历史的后人巧意杜撰,使三个别有意味的传说鲜活地代代相传:

(1)参战前,当理查在莱斯特郡一市镇向一名先知求教时,先知预言:"你纵马飞奔战场,被马刺刮蹭之处,便是回程时你脑袋开花之地。"在前往博斯沃思原野的路上,过一座桥时,理查战靴上的踢马刺蹭到桥上一块石头。当理查战死之后,尸体拖在马后从战场运回时,头被那块石头撞开了花。

(2)在理查与里士满(未来的亨利七世)决战前一天清早,理查派马夫尽快给自己最喜欢的战马钉掌。马夫对铁匠说,国王希望骑着它打头阵。铁匠说,所有战马都钉了掌,没铁皮了,眼下钉不了,得等。马夫心烦气躁,叫道:"我等不及!"铁匠无奈,从一根铁条上弄下四个马掌,砸平、整形,然后固定在马蹄上。钉好三个,没钉子了。铁匠说需要花点时间现砸两个。马夫急切地说:"跟你说了我等不及。"铁匠说:"怕钉上之后,没那么牢固。"马夫问能否挂住,铁匠回"应该能,但没把握。"马夫催促"那好,就这样,快钉,不然国王会怪我。"

两军交锋,理查策马扬鞭,激励士兵奋勇杀敌。厮杀中,那只不结实的马掌突然掉了,战马跌倒,理查落马。受了惊的马一跃而逃,士兵纷纷撤退,里士满的军队围上来。理查挥舞宝剑,高喊"一匹马!一匹马!用我的王国换一匹马!"对此,亦不难判断,这显然是后人口耳相传与莎剧的杂烩。

(3)理查临死之前连声高喊五声"叛国,叛国,叛国,叛国,叛国。"显然,这是后人把历史记载的理查见到斯坦利时只喊了一声的"叛国!"戏剧化了。不过,莎士比亚编戏时并没买这个账,他压根儿没让理查和斯坦利在博斯沃思见面。

5. 关于理查遗骨的考古发掘

理查在博斯沃思之战中阵亡,尸体用马拖到附近的莱斯特城,可能先裸身示众,最后在灰衣修士教堂(即圣方济各会教堂)下葬,墓穴很小,没有葬礼。

1509 年,亨利七世去世,儿子亨利八世(1491—1547)继承王位。

1534 年,英格兰国会通过《至尊法案》,英格兰脱离罗马教廷,正式推行宗教改革,许多天主教修道院随即被夷为平地。理查的墓穴及墓碑均被移除,遗骨不知所终。有人推断,遗骨丢进了临近的索尔河(River Soar)。

成立于 20 世纪,志在为被污名化的暴君理查昭雪的"理查三世学会",于 2012 年,委托莱斯特大学考古队对理查遗骨进行考古发掘。该学会认定理查是一位好国王,因为,所有 16 世纪 70 年代直到 16 世纪 80 年代早期的记载,都强调理查是忠心耿耿的兄弟,正直不阿的君王,骁勇善战的士兵,在地方纠纷中是公正的裁决人,深受那个时代英格兰北方人民爱戴,并凭其自身的骑士精神受到尊崇。

考古队通过地图索源法和钻地雷达技术，最终确定一个市政停车场便是当时埋葬理查的圣方济各会教堂旧址。

8月，一具成年男性的骨架出土。考古队对这具骨架做放射性碳定年法测定，确定遗骨年代为1455—1500年之间，死者年龄二三十岁，之后再经过线粒体基因测序与理查的后裔进行DNA配对，确认这是理查三世的遗骨无疑。

根据数字扫描骨架，遗骸有十处伤口，八处在头，两处在身，均为死亡前后不久所致：上背脊骨插着一个带倒钩的金属箭头，头骨上有一连串伤痕，一致命的伤痕在头顶处，刀锋砍出凹槽。由此，可对理查生命的最后时刻做一番推演：落马时，头盔掉落，被砍杀时没戴头盔；可能先被利刃（战斧或长矛）砍掉一部分头骨，又被利器刺穿头部；后脑被打破，脑浆飞溅；肋骨的砍痕和骨盆部位的创伤显出，尸体被亨利·都铎命人用马从博斯沃思战场拖到莱斯特，以宣示胜利；一路之上，尸体遭人羞辱，骨盆处被人用利器刺穿。

最重要的，在科学检测下，理查的身体特征是：轻度脊柱侧凸，右肩比左肩稍高，双臂没萎缩，既不瘸腿，也无跛足，既不影响穿盔甲，更不影响骑马战斗。

简言之，现代科技呈现出的历史中的真理查，不是被莫尔和莎士比亚们糟改的"一瘸一拐，形貌如此畸形"的"驼背理查"——篡位之后杀兄、杀妻、杀侄儿、杀挚友的血腥暴君！

2015年3月22日，距理查1485年8月22日战死疆场差五个月整整五百三十年，一辆灵车载着装殓理查骸骨的棺椁，驶出莱斯特城，来到博斯沃思原野——当年理查兵败之地。现场鸣放二十一响礼炮，以此向王室致敬。

3月26日，理查三世的遗骨在莱斯特大教堂重新安葬。

三、理查三世：一个嗜血的坏国王！

1."驼背理查"：理查"自画"的暴君符号

不妨推断，莎士比亚把《亨利六世（下）》里的格罗斯特公爵理查，当成《理查三世》中理查三世国王的前传来写。换言之，即便莎士比亚写《亨利六世（下）》时对将要写的《理查三世》未及详加构思，但要写一部以理查三世为主角，甚或要写一出"驼背理查"的戏，主意已定。因为他在《亨利六世（下）》，尤其第三幕之后，便开始刻意为《理查三世》谋篇布局，让理查以巧于修辞的长篇独白给自己画像，而《理查三世》不仅以理查的长篇独白拉开剧情大幕，某种程度上可以说，更凭借理查一段又一段或长或短的独白串联起整个戏剧结构。可以说，莎士比亚在《亨利六世（下）》中，便开始精心打造"驼背理查"这一形象。

的确，从为迎合自己作为臣民的都铎王朝糟改前朝国王理查三世来看，莎剧《理查三世》比托马斯·莫尔的《理查三世的历史》走得更远。时至今日，一般读者、观众对理查三世的认知几乎全部来自这部莎剧，而知道莫尔笔下之理查者，鲜矣！不过，由后人仅从莎剧舞台上的"驼背理查"来为英国历史上真实的理查三世国王盖棺论定，已能体味到这一戏剧人物形象之成功、之深入人心，以至于人们难以想象，历史上那个真实的理查三世并不像莎剧里的这位"驼背理查"那么畸形、那么变态、那么邪恶、那么凶残、那么嗜血、那么……

　　由此,若要剖析莎剧中这一"驼背理查",须把历史中的真实理查彻底抛开。因为,这个"驼背理查"是莎士比亚为舞台编造的,它只属于莎剧舞台,只属于莎剧戏文,几乎不属于历史。

　　莎士比亚对理查形象之刻画,主要采取人物"自画"的戏剧手段,并稍与其他戏剧人物对其"他画"交互衬托、对比。远在《亨利六世(下)》第三幕第二场,莎士比亚便以一大段长篇独白让理查为自己画了一幅未来嗜血坏君王的速写。当时,他刚被大哥爱德华四世封为格罗斯特公爵不久,遂立下誓夺王位的血腥宣言:

格罗斯特　　　……唉,若说这世上没有给理查的王国,我还能有什么别的快乐?……唉,我在娘胎里便被爱神丢弃。为使我无法染指她脆弱的法律①,她凭着什么贿赂买通易受诱惑的大自然,把我的胳膊缩得像一棵枯萎的灌木;在我背上鼓起一座怀恨的山峦,畸形端坐,在那儿嘲笑我的身体。……只要我活着,便只把这人间当地狱,直到撑着我这颗脑袋的畸形身体,箍上一顶荣耀的王冠。……我要比海妖②淹死更多水手;要比蛇怪③杀死更多对视之人;我要扮

①　脆弱的法律(soft laws):此处含性意味,暗指为使我不能干风月场里的事儿。

②　海妖(mermaid):即希腊神话中的海上女妖塞壬(Siren),以美妙歌声引诱水手驾船触礁。

③　蛇怪(basilisk):传说中能以目光杀人的怪蛇。

演涅斯托①那样的演说家；骗人比尤利西斯②
更狡猾；而且，要像西农③一样，夺取另一个特
洛伊④。我比变色龙更会变色，变形比普罗透
斯⑤更占上风，还能给凶残的马基雅维利⑥教
点儿东西。

这些我都能，还弄不到一顶王冠？

嘁！哪怕它再远，我也要摘下来。（下。）

　　不难断定，《理查三世》中妖魔化的那个"驼背理查"形象，在
此情此景已受孕成形。换言之，对《理查三世》中的理查形象之透
骨剖析，须由此入手。因为，"驼背理查"的一切邪恶罪行、血腥暴
行都从这儿起步。

　　此后，在《亨利六世（下）》落幕之前，莎士比亚又为刚在伦敦
塔里用剑刺死亨利六世的理查，私人定制了第二篇血腥宣言：

---

　　① 涅斯托（Nestor）：特洛伊战争中希腊联军中最年长的英雄，口才出众，富于
智慧。

　　② 尤利西斯（Ulysses）：荷马史诗《奥德赛》（*Odyssey*）中伊萨卡（Ithaca）的国王，
以狡猾著称。

　　③ 西农（Sinon）：在维吉尔（Virgil）的《埃涅阿斯纪》（*Aeneid*）中，西农假装背弃希
腊联军，劝特洛伊国王普里阿摩斯接受木马，最终导致特洛伊陷落，遭焚毁。由此，后
人常以西农的名字代称奸诈之人。

　　④ 另一个特洛伊（another Troy）：指英国王冠。

　　⑤ 普罗透斯（Proteus）：希腊神话中海神波塞冬（Poseidon）的长子，《荷马史诗》中
的"海中老人"之一，为避免被捉，身体能随意变形。

　　⑥ 马基雅维利（Machevil，1469—1527），因在其名著《君主论》（*The Prince*）中倡
导政治权谋，被后人视为权谋家。

格罗斯特　　怎么？兰开斯特上升的①血也会沉到土里？我以
　　　　　　为它会往上爬呢。瞧我的剑为这可怜的国王
　　　　　　之死怎样淌泪②！……我，既无悲悯、情爱，也
　　　　　　毫不畏惧。(再刺。)没错，刚亨利说我的话是
　　　　　　真的，因我常听母亲说，我是先伸双腿来到人
　　　　　　世③。你们想，我没理由赶快④找出篡夺我们合
　　　　　　法权利之人，毁灭他们吗？接生婆吃了一惊，
　　　　　　女人们喊叫"啊，耶稣保佑我们，他生下来就
　　　　　　有牙！"我是这样，那分明表示，我生来就该号
　　　　　　叫、咬人，像狗一样。那好，既然上天把我的身
　　　　　　体弄成这个形状，就让地狱扭曲我的心灵与
　　　　　　它对应。我没兄弟，跟哪个兄弟都不像。"爱"
　　　　　　这个字眼儿，胡子花白的老者称其神圣，存于
　　　　　　彼此相像的人中，与我无关。我自己独来独
　　　　　　往。——克拉伦斯，要当心，你遮住了我的光
　　　　　　明⑤，但我要给你安排一个黑漆漆的日子，因
　　　　　　为我要散布这样的预兆，叫爱德华为生命担
　　　　　　忧，然后，为清洗他的恐惧，我会弄死你。亨利

---

①上升的(aspiring)：意即有志气的。
②指亨利六世的血顺着剑身滴落。
③婴儿出生时先露出双足，乃民间所说的"横生倒养"，即"瘟生"。
④格罗斯特暗指自己出生时因先露出双脚，故而行动迅速。
⑤意即你妨碍我登上王位。因约克家族的族徽是太阳，故有此说。

王和他的亲王儿子都死了。克拉伦斯,下一个

轮到你,然后其他人,成不了人上人^①,我便一

文不值。

我要把这尸体弄到另一间屋子,

狂喜吧,亨利,在你的审判日^②。(拖尸体下。)

这堪称理查的第二幅自画像。在此之前,身陷伦敦塔、正在读一本祈祷书的亨利六世,在见到理查的那一刻,已料定他是来夺命的"迫害者""刽子手"。这位虔敬上帝、渴望天堂、不惧死亡,在治国理政上却怯懦无力的亨利王,为未来的理查王"他画"出一幅肖像:"你出生时嘴里已长牙,预示你一落生就能满世界咬人。"话音未落,亨利王身中一剑,随后呻吟出临死前的预言:"命定此后你还有更多杀戮。啊,上帝宽恕我的罪,也赦免你!"在此之后,他便向瞄准的"下一个"目标——克拉伦斯——下手了。克拉伦斯是理查在《理查三世》中杀死的第一个至亲骨肉。

事实上,应是莎士比亚有意,或出于自觉,他不时在剧中运用"他画"为理查的"自画"进行补笔。例如,在《亨利六世(下)》中,理查虽常在"自画"中直接挑明"更多杀戮"政敌、对手的动机,即要除掉夺取王冠路上的所有绊脚石,却极少自我吹嘘、炫耀曾立过多少汗马功劳。这既是真实历史中的理查特别具备的一种能力,也是中世纪英格兰国王们必须具备的能力,即要成为

---

① 成不了人上人(till I be best):直译为直到我成为最好的人。

② 在你的审判日(in thy day of doom):意即今天是你的死期。

"黑王子爱德华"和亨利五世那样驰骋疆场、血腥厮杀的战士。对这一笔,在《亨利六世(下)》第一幕第一场开场不久,老约克公爵便对在圣奥尔本斯之战中立下战功、手里拎着萨默赛特首级的理查赞不绝口:"在我几个儿子中,理查功劳最大。"诚然,这只是莎士比亚糟改历史的范例之一,因为圣奥尔本斯之战发生时,理查年仅三岁。

再如,在《理查三世》里,来自克拉伦斯和白金汉的"他画"是对"驼背理查"之"邪恶"、之"罪恶"的强力补笔:克拉伦斯直到面对理查派来杀他的刺客,方醒悟要杀自己的竟是答应把他从伦敦塔里放出来的骨肉兄弟理查。因此,他的冤魂才会在博斯沃思决战前夜,出现在理查的营帐诅咒:"我,可怜的克拉伦斯,淹死在叫人恶心的酒里,你用狡诈的背叛害死了他!明天在交战中一想起我,你那把钝剑就会掉落。绝望吧,去死吧!"白金汉直到拼死拼活把理查扶上王位之后,方醒悟理查真是个背信弃义的暴君,最后造反兵败,身首异处。因此,他的冤魂才会加入到所有遭理查毒手的幽灵们的行列,在博斯沃思决战前夜,来到理查的营帐诅咒:"我,头一个帮你夺取王权,最后一个遭受你的残暴。啊,在战斗中想一想白金汉,愿你在罪行的惊恐中死去!"

又如,为恶意丑化理查,莎士比亚让《理查三世》中三个地位曾无比尊贵的女人——安妮夫人(亨利六世的儿媳)、玛格丽特(亨利六世的王后)、伊丽莎白(爱德华四世的王后)——像事先商量好了似的,分别"他画"出同一个理查:"贪婪的、满处乱拱的野猪""有毒的驼背癞蛤蟆"。

在此撇开"他画",容后另述,接着说"自画"。实际上,莎士比亚在《亨利六世(下)》第一幕第二场,已为理查精心绘制了一小幅自画像。当时,他和大哥爱德华一起,力劝犹疑不决的父亲老约克公爵主动挑起战争、夺取王冠:

约克公爵	我发过誓让他和平地统治。
爱德华	但为夺取一个王国,可以打破任何誓言。让我当朝一年,我愿打破一千个誓言。
理查	不,上帝不准您背弃誓言。
约克公爵	我若开战夺取王位,便背弃了誓言。
理查	您若听我一言,我能拿出相反的证明。
约克公爵	你证明不了,儿子。这不可能。
理查	一句誓言,不在统治立誓人的、真正合法的统治者面前立下,毫无意义。亨利什么都不是,他只是篡了那个位置。因此,既然是他要您立的誓,那您的誓言,父亲,便毫无价值,毫不足取。所以,拿起武器!还有,父亲,但凭一想,头戴王冠是件何等美妙的事,那圆圈儿里便是伊利西姆①,是诗人们用魔咒唤来②的一切幸福欢乐。我们干吗这么拖延? 不拿亨利冷淡的心头血染③红我佩戴的白玫瑰,我不得安生。

---

① 伊利西姆(Elysium):希腊神话中贤人死后的居住地,即极乐世界、乐园。

② 用魔咒唤来(feign):也可解作"想象"(imagine),与"高兴""欣喜"(fain)谐音双关。

③ 染(dyed):与"死"(died)谐音双关。

　　在此足以见出,"自画"的理查比爱德华更富于心机韬晦、更具有马基雅维利式不择手段的政治权谋。换言之,莎士比亚让理查在脑子里浮现出未来"何等美妙"的场景:头戴王冠,"那圆圈儿里便是伊利西姆"的"幸福欢乐"。最重要的,他必须让理查以"上帝不准您背弃誓言"为由说服父亲,让父亲"拿起武器"向"红玫瑰"(兰开斯特家族)开战。在他眼里,既然亨利的王权由祖上篡位而来,"什么都不是",那父亲在亨利面前立下的誓言也"什么都不是"。此时,他即暗下决心,要用亨利"冷淡的心头血染红我佩戴的白玫瑰"。当他在伦敦塔亲手杀死亨利王时,也是圆了这个梦。

　　听了理查这番话,老约克公爵横下一条心:"我要做国王,做不成就死"。这是莎士比亚为"驼背理查"设计的,通向未来王冠之路的血腥起点。然而,没等老约克发兵,玛格丽特王后的大军率先杀到约克的大本营桑德尔城堡。两军交战,老约克功败垂成,被俘受辱,最后命丧黄泉。但在激战中,理查异常勇猛:

约克公爵　　……理查三次为我杀出一条路,三次高喊"鼓起勇气,父亲,战斗到底!"爱德华手持猩红的弯刀,屡次杀到我身边,刀柄上沾满跟他交手的敌人的血。最英勇的战士退却之时,理查高喊"冲锋!寸土不让!"接着又喊"要一顶王冠,还是一座荣耀的坟墓!要一柄王杖,还是一座尘世的墓穴!"凭这一声喊,我们再冲锋……

这是丢命之前作为父亲的老约克"他画"出的那个血战到底、绝不言败的理查。不过，在这儿，稍做逻辑思考，便不难发现莎士比亚刻画理查的一处败笔，一处不算小的败笔，即莎剧里这个身有残疾、胳膊萎缩、瘸腿跛足的"驼背理查"，怎么可能顶盔掼甲、策马疾驰，打起仗来比"最英勇的战士"更英勇。或可以说，莎士比亚把矛盾的两个理查戏剧化地硬糅合在一起：一个是历史上那个真实的脊柱侧凸、却并不影响纵马杀敌的神勇理查；一个是戏剧舞台上惯于在宫廷里耍奸使诈、谋害亲人的"驼背理查"。尤其到了20世纪，为凸显戏剧力，舞台上的理查干脆演变成手拄双拐的残疾人。事实上，反讽的是，读者，尤其现场观众的逻辑力，在强大的戏剧力面前变残疾了！

父亲老约克死后，为实现国王梦，理查必须拼死辅佐大哥爱德华问鼎王权，以此确保身上少得可怜的那点儿"可能性"。无须说，莎剧《理查三世》呈现出英格兰"历史"上最不可能称王的一个王者。换言之，舞台上的"驼背理查"全凭残忍之杀戮，把"不可能"变成现实。莎士比亚为他在舞台上设计的王者之路是，让他在《亨利六世（下）》直接或间接杀光所有战场上、下的敌人，将一切政敌清除；随后，从《理查三世》第一场，让他开始向自己家人下手，将所有顺位在他之前的王位继承人杀光。

诚然，莎士比亚为理查设定的戏局是，从《亨利六世（下）》第一幕第二场开始，除了理查自己，没人相信他将在不太久远的未来，合法且公正地继承王位；更没人知道他将在这一过程中"决意见证"自己是"一个恶棍"。《理查三世》中格罗斯特公爵理查的长篇开场独白，既是莎士比亚为理查在戏里绘制的第一张巨幅自画像，也是点燃戏剧冲突的引信：

格罗斯特　　现在，令我们不满的冬天已被这约克的太阳变成荣耀的夏日；怒视我们家族的一切阴云都葬身于深深的海底。现在，我们的额头戴上胜利的花环；……他在一位夫人的寝室里，伴着一把琉特琴淫荡诱人的乐音灵巧地雀跃。可是我，天生不是寻欢作乐的料儿，也无法盯着一面镜子自怜自爱。我，样貌粗糙，缺少情爱的威仪，无法在一位轻佻漫步、回眸弄姿的仙女面前炫耀。我，被剪短了这俊美的比例，受了骗人的造物主修长身材的欺骗，畸形，半成品，离完全成形几乎还剩一半，尚不足月，便被送入这个有活气儿的世界，如此一瘸一拐，相貌古怪，连狗都立到我身旁冲我狂吠。——唉！我，在这柔声吹奏牧笛的和平时代，除了在阳光下看自己的身影，絮叨自己残疾的身形，找不到一丝打发时间的乐趣。因此，既然我无法见证一个情人，快乐度过这些和美的日子，那我决意见证一个恶棍，憎恨这些闲散的快活时光……

这段独白话音刚落，理查便见到克拉伦斯被手持长戟的武装卫士押往伦敦塔。他得意于挑拨大哥爱德华四世猜忌克拉伦斯谋反的阴谋得逞了,他要让克拉伦斯成为"见证一个恶棍"的第一个倒霉鬼。同时,他还要在"自画"的表演中让克拉伦斯相信,这一切都是伊丽莎白王后的诡计。

紧接着,莎士比亚又为理查绘制了第二张巨幅自画像。第一幕第二场,理查拦住为亨利六世送葬的队伍,向悲悼公公的安妮夫人求爱。作为杀了安妮的公公(亨利六世)和丈夫(小爱德华亲王)的凶手,理查的求爱成功了!此时此刻,理查再次沉醉于得意的"自画"表演:

格罗斯特　　可有女人在这种心境下遭人求爱?可有女人在这种心境下被人赢得?我要占有她,却不想留太久。什么?我,杀了她丈夫、杀了她公公,在她内心恨我透顶之时占有她?她满嘴诅咒,双目含泪,一旁是对我怨恨的流血的见证。……世上没一样东西对我有利,我不也赢得了她?哈!难道她已忘却那位勇敢的王子,爱德华,她的丈夫?约三个月前,在图克斯伯里,我盛怒之下,一剑将他刺死。……我剪断了这位可爱王子的黄金岁月,把她变成一张悲床上的寡妇,她竟愿对我降低眼光?对我另眼相看,我的全部抵不上爱德华一半?对我另眼相看,我一瘸一拐,形貌如此畸形?我愿拿公爵领地赌叫花子手里的一枚小铜钱

儿!这阵子我倒把自己的形貌看错了。以我的
性命起誓,虽说我没能,可她却发现了,我居
然是一个了不起的美男子……

如此精彩的"自画",当然为了舞台表演。莎士比亚"决意"让他笔下的理查,以这样的表演"见证"伊丽莎白时代观众的记忆。他达到了目的!这个"如此一瘸一拐,相貌古怪,连狗都立到我身旁冲我狂吠"的理查,作为舞台形象,超越了时空,历经四百余年,至今不朽。

《理查三世》整部戏便是"驼背理查"在表演"一个恶棍"如何自我见证,最终走向毁灭的过程。从舞台(或戏剧)角度来说,观众(或读者)应能接受这样一个理查:他从十八岁(舞台上的岁数,而非历史上的真实年龄)亲身参加"玫瑰战争"那一刻起,他便"决意""见证"一幅完美的自画像——头顶王冠的"驼背理查"。正如第三幕第一场,理查在把即将加冕国王的亲侄子爱德华亲王软禁伦敦塔之前旁白所言:"这一来,我就像道德剧里的'罪恶',也叫'邪恶',从一个词教化出两个意思。"

换言之,"驼背理查"这个暴君形象完全是通过莎剧舞台来完成的,像 A.P.罗西特(A.P.Rossiter)在其演讲《带角的天使》(*Angel with Horns and Other Shakespeare Lectures*)(1961) 中所说:"表面看,他(理查)是恶魔、地狱里的魔鬼和畸形的癫蛤蟆等一切丑行恶态的东西。但只有通过演员的出色才能,并幽默地把喜剧丑角与魔鬼相结合,方能把虚假表现得比真实更具吸引力,这是演员的作用;他赞美'邪恶'和'罪恶',并以此打趣,这是小

丑颠倒是非的把戏。"

是的，"驼背理查"是戏剧里的暴君，是舞台上"自画"表演的"小丑"！

2.理查三世：舞台上会"变色的""邪恶""罪恶""有毒的驼背癞蛤蟆"

德国学者沃尔夫冈·克莱门（Wolfgang Clemen，1909—1990）在其学术成名作《莎士比亚的意象之发展》（*The Development of Shakespeare's Imagery*）（1951）中说："主人公理查三世无处不在，是该剧的突出特点。如前所述，整个剧情全仰赖这个人物。非但如此，即便他不在场上，我们也能感到他的存在。这部分源于意象。理查的本性给别人留下的印象不断从那些人的言语中折射出来，且主要以动物意象的形式来呈现。其最基本的意象是令人憎恶的狗，这一意象可追溯到《亨利六世（下）》。玛格丽特王后在第四幕第四场悼亡一场戏中，对这一意象做了最鲜活的阐明：'从你狗窝般的胎宫里爬出一条地狱之犬，把我们都追逐到死。那条狗，没睁眼，先长牙，要撕裂羔羊的喉咙，舔舐他们温顺的血……'此外，他还更被说成大肚子蜘蛛、有毒的驼背癞蛤蟆、出生时被邪灵打上印痕、满处乱拱的野猪……

"我们自不必夸大这些令人憎恶的动物意象的想象作用。倘若我们没意识到这层作用，而随着驼背理查令人讨厌的形象不断在舞台上被转换为与其本性一致的动物，从这一视角也能说明他的凶残兽性。《理查三世》是以反复出现的象征性意象为主题，来刻画主要人物的第一部莎剧。《亨利六世》偶尔把动物意象用在交战双方的身上，从中见不出区别何在。克利福德和索尔斯伯里,还有塔尔伯特,都被比成狮子,三个人物无法以其专属意象相互区分。当莎士比亚把勇士比作熊、狼、牛、鹰等动物时,并未考虑其单独属于某个人。他力图以此创造一个战斗与战争的总氛围。而意象在《理查三世》中,开始服务于单独的人物性格。"

的确,动物意象堪称透视理查这一舞台形象颇富妙趣的极佳维度,而且,在此也形成"自画"与"他画"之强烈对比。理查对自己一向以雄鹰自况。第一幕第三场,王宫一场戏,爱德华四世召弟弟理查进宫,打算调解日趋激烈的宫廷内斗,尤其是理查与当朝王后伊丽莎白之间由来已久的仇恨。一见理查,伊丽莎白以带有挑衅性地口吻主动示好:"格罗斯特老弟,这事儿你误会了。国王,出于自己的君王之意,不受哪个请愿者唆使,他可能从你对我的孩子们、我的兄弟们及我本人的外在行为表现,猜出你内心的仇恨,这才召你去,想查明根由。"理查貌似示弱,却反戈一击,强硬地表明心思:"我说不清。世界变得如此糟糕,雄鹰不敢落足之地,鹪鹩却敢捕食。既然每个卑贱之人都变身为贵族,那好多贵族也就成了下人。"言下之意:你们王后一党"鹪鹩"们已把我这只"雄鹰"逼得难有"落足之地"。因此,爱德华四世前脚刚一断气,理查便立刻与白金汉密谋,很快将王后一党,包括她的孩子们和兄弟们一网打尽,她本人不仅瞬间变成一个怨怒的寡妇,最终面对理查的利益诱惑,还不得不答应劝说女儿嫁给理查。

接着,理查又与前朝老王后玛格丽特斗法。理查先后杀了玛格丽特之子小爱德华、之夫亨利六世,玛格丽特本人也算是理查在战场上的手下败将。这一家三口曾是他夺取王冠的血腥之路上难以逾越的障碍。此时,面对这朵曾不可一世、对他有杀父之仇的明日黄花,话一出口,自然带出居高临下的傲气:"但我生来就如此之高,我们在雪松的树梢上筑鹰巢,与风玩耍,与太阳对视。"这恰是身有残疾、心比天高的理查"自画":一只"与风玩耍,与太阳对视",在雪松树梢上筑巢的雄鹰。但这话也激得玛格丽特回想起,自己也曾是一只翱翔天宇的母鹰,回想起她精心养护的"鹰巢"里的父子两代都死于理查之手——"在伦敦塔里,你杀了我丈夫,在图克斯伯里,你杀了爱德华,我可怜的儿子。"——心底便涌起难以言说的刻骨仇恨,她痛斥眼前这只残忍捕食的猛禽:"转身把太阳遮出阴影。——哎呀,哎呀!——凭我儿子作证,他现在身陷死亡阴影,你阴郁的愤怒把他明亮闪耀的光线,藏进了永恒的黑暗。你们在我们的鹰巢(兰开斯特王朝)里筑巢(约克王朝)。"然而,对于理查,曾几何时,正是这只异常凶猛的"母鹰",杀了他"高贵的父亲……把纸做的王冠套在他好战的额头,用你的嘲弄引他泪眼成河,然后,你又把在可爱的拉特兰无辜鲜血里浸过的一块布,给了公爵,让擦干泪水。——那之后,他痛苦的灵魂对你发出的诅咒,全降临在你身上。是上帝,不是我们,在不停惩罚你血腥的行为。"在此,莎士比亚仿佛在不经意间为理查的"自画"添上浓浓一笔:他自以为是上帝"不停惩罚你(玛格丽特)血腥的行为"的代理人!这样,理查便代表了上帝的正义与公平。

但这样一只自以为在天飞翔的"鹰",在他的敌人和仇人眼里,却犹如一只地上"任何有毒会爬的活物"。第一幕第二场,为公公亨利六世送葬的安妮夫人,诅咒他:"那可恨的家伙以你的死害惨我们,愿更可怕的命运降临他,我希望他遭受比蝰蛇、蜘蛛、癞蛤蟆,或任何有毒会爬的活物更惨的命运!"第一幕第三场,玛格丽特王后诅咒他:"你这头出生时被邪灵打上印痕,怪模怪样,贪婪的、满处乱拱的野猪!你一落生便打上烙印,人之奴隶,地狱之子!你是你受孕娘胎的耻辱!是你父亲腰胯憎恶的孽种!"接着,玛格丽特又向伊丽莎白王后诅咒他:"可怜的冒牌儿王后,拿我的地位做没用的装饰!你为何要把糖撒在那大肚子蜘蛛上?它已将你诱入致命的蛛网。笨蛋、傻瓜,你正在磨刀杀自己。早晚有一天,你会巴望我帮你诅咒这只有毒的驼背癞蛤蟆。"直到第四幕第四场,在理查当上国王,伊丽莎白经历了玛格丽特经历过的一切之后,向玛格丽特对理查发出撕心裂肺的诅咒:"啊,你曾预言,有朝一日,我会巴望你帮我诅咒那个大肚子蜘蛛,那只有毒的驼背癞蛤蟆。"随后,理查的生母老约克公爵夫人,拦住理查的军队,厉声痛斥他:"你这癞蛤蟆,你这癞蛤蟆,你哥哥克拉伦斯在哪儿?他的儿子,小内德·普朗塔热内在哪儿?"

然而,对理查最透入骨髓的刻画,还是他自己在《亨利六世(下)》里那一句"自画"最为精准:"我比变色龙更会变色,变形比普罗透斯更占上风,还能给凶残的马基雅维利教点儿东西。"换言之,将"自画"与"他画"合二为一,便是理查的标准像:一个"比变色龙更会变色"、比普罗透斯更会"变形"、比"马基雅维利"更"凶残"的、"邪恶""罪恶""有毒的驼背癞蛤蟆",由此,可称理查是一个"反英雄式人物"("anti-hero"),简称"反英雄"。对"反英雄"这幅标准像,最有力的注脚则是这条"变色龙"、这只"癞蛤蟆"为篡夺王冠一路留下的血腥杀人记录:第一幕第四场,二刺客拿着理查的手令进入伦敦塔,杀了克拉伦斯;第二幕第四场,理查与白金汉密谋设计抓捕里弗斯、格雷和沃恩,将其押往庞弗雷特,第三幕第三场,下令处斩;第三幕第四场,伦敦塔会议室,理查下令逮捕海斯汀,立刻斩首;第四幕第三场,得理查密杀令的泰瑞尔雇凶手,为其在伦敦塔闷死了两位"塔中王子"(爱德华亲王和小约克公爵);第四幕第三场,王后安妮"也跟这尘世道过晚安。";第五幕第一场,理查下令将起兵谋反的白金汉在索尔斯伯里砍头。当这一切流血悲剧完成之后,剧情便来到博斯沃思之战前夜,第五幕第三场,"幽灵们"——《亨利六世(下)》里被理查杀死的小爱德华亲王的幽灵、亨利六世的幽灵,在《理查三世》里被理查下令杀掉的克拉伦斯、里弗斯、格雷、沃恩、海斯汀、爱德华四世的两位王子、安妮夫人、白金汉的冤魂——依次出现在理查和里士满两军营帐之间,逐一祝福里士满次日激战旗开得胜,同时诅咒理查在绝望中死去。到了第四场,剧情十分简单,两军交战,"马被杀了,全靠步行奋战,在死神的喉咙里寻找里士满"的理查王,喊着"一匹马!一匹马!用我的王国换一匹马!"阵亡博斯沃思原野。

或因莎士比亚不想在舞台上对观众感官造成太血腥的冲击,该戏处理血腥场景与早先的悲剧《提图斯·安德洛尼克斯》不同,这部戏尽量避免直接呈现身体暴行。综观全剧,只有理查和克拉伦斯在舞台上显现出被刺身亡的场景(其实,按舞台提示,理查王并未死在舞台上),其他人(两位"塔中王子"、海斯汀、布雷肯伯里、格雷、沃恩、里弗斯、安妮、白金汉,以及爱德华国王)都在舞台之外走向死亡。

　　不过,宿命地看,理查最终命丧博斯沃思原野,由其此前的一连串杀戮导致。莎士比亚想借此表达对命运的想法吗? 可能! 对此,透过理查的行为与独白(演说)之下的自由意志与宿命论之间的张力,以及其他角色对他的反应,不难看出。综观全剧,理查的性格一直处在不断变化,即不断"变色"或"变形"之中,并由此引领、改变着剧情的戏剧结构。

　　诚然, 理查凭其一开场的独白立刻与观众建立起一种联系,他向观众坦承"决意见证一个恶棍(他自己)",但同时,他似乎也把观众当成同谋合伙人。观众在对其行为惊骇之时,可能会对他的修辞方式着迷。理查在第一幕即卖弄聪明,这能从他在第一幕第一场与哥哥克拉伦斯的对白、第一幕第二场与安妮夫人的对白中看出来。在第一幕的对话里,理查故意只事先与观众分享他的想法,让观众与他和他的"下一个"目标保持协调一致。在第一幕第一场,理查在独白里告诉观众,他计划如何登上王位——杀死哥哥克拉伦斯是必要的一步。他装作克拉伦斯的朋友,以"甭管你让我做什么,只要能释放你"这样的话假意让克拉伦斯安心,但克拉伦斯刚一退场,观众立刻从理查的独白得知,他要做的正好相反。这恰是理查之"变色",之"变形"。换言之,从舞台这一视角,观众比克拉伦斯预先知道理查要害他, 而克拉伦斯临死之前还不肯相信。学者迈克尔·穆尼(Michael Mooney)由此形容理查占据了一个"形象位置"('figural position'), 使其能在一个层面上靠与观众交谈在这样的场景时进时出,又能在另一个层面上与其他人物对话。

　　在这里,第一幕最为精彩,其中的每场戏都以理查与观众交流收尾。这样的设置对理查来说，不仅使他得以掌控剧情走向，还让观众知晓谁是第一主角。可以说，莎士比亚有意通过理查这一形象，把中世纪道德剧里作为戏剧角色的"罪恶"具象化。他对这个"魔鬼般顽皮幽默的"角色太熟了。因此，他要让理查像"罪恶"一样，敞开自我，直接向观众呈现丑陋与邪恶，呈现他的罪恶想法和杀人目的，同时呈现对其他所有角色的看法。不过，开头几场戏，理查的对手角色由遭约克家族唾骂的兰开斯特王朝老王后玛格丽特来填补，因为在第一幕中，除了玛格丽特，无论克拉伦斯、安妮夫人，还是伊丽莎白王后一党，谁也不知道自己是理查要铲除的对手。玛格丽特在第一幕第三场刚一亮相，便巧妙摆布理查，向他发出诅咒，而其他人则都在被理查害死之后，直到博斯沃思之战的前夜，才凭着自己的"幽灵"诅咒理查绝望而死。

然而，第一幕过后，理查向观众倾诉旁白的数量和质量都显著降低，而且，有几场作为点缀的戏根本不包括理查。不知莎士比亚是出于有意，还是有所疏忽，理查若不在舞台上剧透，观众只能自己去评估发生了什么。第四幕第四场，继两位"塔中王子"被杀，以及安妮夫人被害死之后，戏里的女人们——伊丽莎白王后、老约克公爵夫人、甚至玛格丽特——聚在一起，一面悲悼自身遭际，一面痛斥、诅咒理查，但观众很难同情她们。当理查开始与伊丽莎白王后为她女儿和自己的婚事讨价还价之时——这场戏同样在有节奏的快速对话中进行，与第一幕中安妮夫人那场和理查的对话构成呼应——他失去了身为格罗斯特公爵时的沟通活力和乐趣，显然，理查王不再是从前的格罗斯特。

到第四幕结尾,戏里其他所有人,包括理查的亲生母亲老约克公爵夫人, 也挺身出来反对他。他几乎断了与观众的相互交流,他那激励人的独白(演说)衰减到仅仅用来交代事情和打探消息。当他靠近抓取王冠之时,他把自己包围在戏剧世界里,在戏内戏外不再体现轻率之举,此时他已被王冠紧紧箍住。从第四幕开始,理查开始迅速衰退成一个真正的敌手,即他自己所说的"我就像道德剧里的'罪恶',也叫'邪恶'。"毁灭的命运将最终落在他身上。可以想见,对这样的宿命,伊丽莎白时代的观众当然会认可。

此外,代表毁灭理查之命运的里士满这个角色,直到第五幕才入戏。他要推翻理查,从理查的血腥暴政下拯救王国。单就第五幕而言,里士满从登场那一瞬间即成为新的主角。显然,该剧结尾旨在以新的都铎王朝替代旧的约克王朝,以将给英格兰带来和平的亨利七世与理查三世的"邪恶""罪恶"形成鲜明对比。

不过,对于莎剧《理查三世》到底是否好看,向来莫衷一是。在此,引诗人、著名莎学家塞缪尔·约翰逊 (Samuel Johnson, 1709—1784)在其《威廉·莎士比亚的戏剧》(*The Plays of William Shakespeare*)(1765)中一句评价,立此存照:"这是莎士比亚最出名的戏之一, 可我并不知自己是否会像对他的其他一些剧作那样,过高赞扬它。不可否认,剧中有多场十分壮丽的戏,给人印象极深。但拿场景来说,有些很无聊,有些很糟糕,还有些不大可能发生。"

3. 莎剧中的理查王:一个十足的"反英雄"!

撇开"理查三世"这个剧名角色天性之邪恶和剧情之冷酷,

做过演员的莎士比亚深谙舞台表演之道，懂得不论上演惨烈的悲剧还是血腥的史剧，都必须把或滑稽的冷嘲，或反讽的热讽，或搞笑的插科打诨，或逗趣的双关语游戏等幽默佐料，灌输到人物行为上，才能迎合观众。在莎士比亚时代，挣满票房的戏才意味着成功。当然，不难发现，《理查三世》体现出莎士比亚探索戏剧技巧的努力，他在剧中不时穿插一些喜剧化的幽默场景，而这些场景几乎都是从理查如何"自画"与如何将"自画"付诸行动之间的夹缝里冒出来的。这也是该剧的一大特色。换言之，《理查三世》的最大戏剧技巧即在于，让理查在或"自画"或"他画"的"变色""变形"之中把自己演成一个"反英雄"。

然而，美国作家、批评家詹姆斯·洛厄尔（James Russell Lowell, 1819—1891）对此并不买账，他在《对话"老诗人"》（Conversations on the Old Poets）（1844）一书中论及该剧中的幽默时指出："我认为应期望在莎士比亚戏剧，尤其历史剧中找到诗歌措辞、幽默和修辞等三个特点。依我看，在《理查三世》中，这三个特点比在他任何一部别的类似的戏里都少。因为，虽说《理查二世》里并没有幽默式的人物，但国王在遭废黜之后的独白中多次用了讽刺性幽默。诚然，亦可在《理查三世》中不时见到幽默，……但该剧给我的总印象是，除了舞台效果，倘若把它作为莎士比亚本人或主要是其本人的作品来考虑，它缺少所有莎剧最独特、最具代表性的特质……《理查三世》给我们的第一印象是，该剧的观念、技巧都具有情节剧的特点。看过该剧舞台演出的人都知道，扮演理查的演员肯定会违反哈姆雷特为演员提出的所有审美原则（指哈姆雷特在《哈姆雷特》剧中所说关于演员的那段著名台词——笔者注）。他一定会动怒，会把买了便宜戏票的观众的耳朵震聋，他在舞台上的步伐肯定不那么自然稳重。这时，作为迎合大众胃口节目的运作人，莎士比亚或许愿意让其他人和廉价座位上的观众一起，帮他填满剧团的金库，……因此，他（莎士比亚）也许改编、甚或新写一部已被证明受大众喜爱的拙劣的戏，并非不可理解。但不可理解的是，他为何要写这么一出戏，叫我们完全难以从中或多或少推断出他的审美原则。"

显然，在洛厄尔眼里，《理查三世》运用幽默并不成功。想必持这一观点者并非洛厄尔一人。其实，细读文本，剖析剧情，不仅会发现实则不然，且更能领会到一种浓郁的反讽式幽默之运用，其妙处在对白的字里行间。简言之，莎士比亚主要以三场大戏完成了对理查这一"反英雄"的塑造。

第一场"反讽式幽默"大戏，发生在理查与亨利六世的儿媳安妮夫人之间。第一幕第一场最后，理查以独白向观众"自画"下一步即将实施的阴谋："我要把沃里克的小女儿娶到手。我杀了她丈夫、她公公，那又如何？那变成她丈夫、她公公，则是补偿这少妇最现成的办法。我要这么做，不全都为了爱，我还有一个深藏不露的意图，非得靠娶她才能实现。"随之，第一幕第二场，理查便以其臭不要脸的变态方式向正在为公公送葬的安妮求爱，并获成功。要知道，前一刻，理查在安妮眼里，还是"可怕的地狱里的杂役""丑陋的魔鬼""最该诅咒的凶犯"，下一刻，安妮便在理查一连串"反英雄"修辞攻势的求爱之下——"您的美貌正是那个结果的诱因。您的美貌，在睡梦里萦绕我，叫我弄死全世界的人，这样我才能在您甜美的胸怀过上一小时。""这只手，为了爱你而杀了你所爱的这只手，定会为了爱你而杀一个更真心爱你之人。那你就成了害死他们俩的帮凶。"——成为"爱情"的俘虏。她同意理查把订婚戒指戴在她手上，对理查提出在其克劳斯比宫幽会的要求满口答应，"见你如此悔过，我也十分欣喜。"然而，安妮怎能知晓，理查早打算把她搞到手，娶她当王后，并很快弄死她。

这是多么犀利的反讽！

第二场"反讽式幽默"大戏，发生在理查与爱德华四世及所有同他作对的贵族们，尤其伊丽莎白王后一党之间。第二幕第一场，王宫，病中的爱德华四世自知来日无多，希望临死之前能将长期以来宫廷内斗的干戈化为和平之玉帛，他将弟弟理查召进宫，托付后事：

爱德华四世	我们今天的确过得开心。格罗斯特，我做了件善事，在这些骄傲、满腔怨怒的贵族们之间，化敌意为和平，化仇恨为挚爱。
格罗斯特	一件受祝福的苦差事，我最威严的主上。在这一贵族群中，若有谁，或因虚假信息，或因错误推断，把我当成一个敌人；假如我，或出于无意，或出于愤怒，冒犯过在场的随便哪一位，我希望与他和解，友好相处。对于我，与人结仇毋宁死。我恨它，希望得到所有好心人的爱。——首先，夫人，我

愿以尽忠效劳来换取，求得您真正的和
解。——我高贵的亲戚白金汉，若我们之
间曾心怀任何积怨，请和解。——还有您
和您，里弗斯勋爵、多赛特，你们都曾毫
无来由地对我横眉立目，请和解。——还
有您，伍德维尔勋爵，——斯凯尔斯勋爵，
还有您。——各位公爵、伯爵、领主、绅
士，——真心的，请大家和解。我不明白，
我的灵魂与每一个活在世上的英国人的
分歧，会比昨夜新生的婴儿还多一点儿。
我因我的谦卑感谢上帝！

在此，理查这位"反英雄"居然把自己描画得那么纯良，说自
己"与每一个活在世上的英国人的分歧""比昨夜新生的婴儿"还
少。随后，第二场，爱德华国王死后，理查，这个婴儿般的格罗斯
特公爵，一面向众人表示"我希望国王已使我们所有人言归于
好，这个约定是牢靠的，我忠实信守。"一面与白金汉公爵合伙密
谋，很快将王后的亲族逮捕、问斩，很快将两位"塔中王子"软禁、
谋害。

这是多么致命的反讽！

第三场"反讽式幽默"大戏，也是全剧的高潮戏，发生在理查
和他的左膀右臂白金汉之间。如果说沃里克伯爵是《亨利六世》
中的"造王者"，《理查三世》里的"造王者"当属白金汉公爵。单从
剧情来看，若没有白金汉鞍前马后拼死效忠，理查难以登上王

座。在理查最终下令处死谋反的白金汉之前，理查杀掉所有对手,几乎都有白金汉一份功劳:他是理查逮捕、铲除伊丽莎白王后亲族的帮凶；是把小约克公爵从避难的威斯敏斯特教堂圣所关进伦敦塔的同伙;是他,命凯茨比前去试探海斯汀勋爵是否愿意效忠理查;是他,支持理查将心怀二心的海斯汀砍头;更是他,与理查合演双簧大戏,帮理查夺取王冠。难怪最后在博斯沃思决战前夜,他的幽灵向理查发出这样的诅咒:"我,头一个帮你夺取王权,最后一个遭受你的残暴。"

莎士比亚为整个剧情设定的宿命走向是，让白金汉辅佐理查一起升到顶点，然后,他先跌落,继而理查覆灭。这也是全剧最精彩之处。换言之,白金汉在成为冤魂幽灵之时,方醒悟从他出手帮理查的那一刻起,便开始为自己掘墓。在此,观众(读者)可以假扮一下白金汉的幽灵,替他回顾一下如何精心自掘坟墓。

第一幕第三场,玛格丽特曾力劝白金汉当心理查:"啊,白金汉,当心那边儿那条狗。每当他讨好你,他就咬你;一旦咬了你,他的毒牙会叫你伤口溃烂死于非命。别跟他来往,提防他。罪恶、死亡和地狱,都把印记烙在了他身上,它们的一切爪牙都听他差遣。"白金汉把这当耳旁风,玛格丽特干脆挑明:"我好言相劝,你竟取笑我？我警告你远离那魔鬼,你反倒去巴结？啊！记住迟早有一天,当他用悲痛劈裂你的心窝,那时你会说可怜的玛格丽特是一个女先知！——你们每一个活人都是他憎恨的对象，他也是你们恨的对象,你们所有人都是上帝恨的对象！"

果然,理查在按照"女先知"的预言来行事。第二幕第二场最后,他"讨好"白金汉,把白金汉视为"另一个自己,替我拿主意的智囊高参,我的神谕,我的先知!——我亲爱的老兄,我,要像个孩子似的,由你引导前行。"第三幕第一场结尾,他更加"讨好"白金汉,郑重承诺:"我一当上国王,你就向我要求赫里福德伯爵领地的所有权,以及我国王哥哥拥有的全部动产。"

正因理查如此"讨好",白金汉才会在第三幕第七场,不遗余力把为理查当国王的配角表演发挥到极致。他按照理查的指使,跟着伦敦市长来到市政厅, 向市民们宣讲爱德华四世的斑斑劣迹,为理查振臂高呼:

白金汉　　……还提到他和露西夫人的婚约;提到他派人去法兰西订婚约之事;提到他淫荡贪欲,强奸市民的妻子;提到他轻罪重罚;提到他本人是私生子, 说他受孕成胎时, 您父亲那会儿正在法兰西,而且,他长得跟公爵一点都不像。同时,我还提到您的相貌,无论外表,还是高贵的心灵,都与您父亲一模一样。还描述了您在苏格兰的所有胜利,您打仗时的谋略,和平中的智慧,您的慷慨、美德、可敬的谦恭。真的,凡与您用心相符之事,没有一件没提及,也没在描述时稍有疏忽漏掉一件。演说快结束时,我向他们提议,凡钟爱国家利益之人,高呼:"上帝保佑理查,英格兰的国王!"

可是,出乎他和理查意料,这番卖力的表演收效不大,"他们一言不发,一个个活像哑巴塑像,或喘气儿的石头,相互对视,面色死一般苍白。"

这是多么绝妙的反讽!

于是,白金汉煞费苦心给理查支着儿,教他如何"变色":"手里一定拿本祈祷书,站两位牧师中间,我高贵的大人,因为我要以这个低调为基础,唱一首高调的圣歌。切莫轻易答应我们的要求。要饰演少女的角色,——不停说'不',实则接受。"然后,理查假意"变形",去扮演一位虔敬的信徒。白金汉则趁机向伦敦市长和市民们高唱"圣歌":"这位王子跟爱德华不一样!他没懒洋洋地躺在一张淫荡的情爱床上,而在跪着冥思;没跟一对妓女调情,而在与两位博学的教士一起默默诵经;没有呼呼大睡,给慵懒的身子养膘儿,而在祈祷,充实警醒的灵魂。如果这位贤德的亲王,肯接受神的恩典,成为君王,那将是英格兰的幸运,但可以肯定,恐怕我们无法说服他。"伦敦市长终于表态"以圣母马利亚起誓,愿上帝不准公爵拒绝我们!"恰在此时,理查和白金汉精心创意的理查的神圣"自画"出现在高台之上,连伦敦市长见了都不由慨叹:"看,公爵和两位牧师站在那儿。"剩下的活儿便是顺水推舟,白金汉再次拿演说当表演:"对一位基督徒亲王,那是两根美德的支柱,使他免于堕入空虚。看,他手里拿着一本祈祷书,——这是辨认一个圣人的真正装饰,——显赫的普朗塔热内,最仁慈的王子,请借仁慈的耳朵听我们请求,宽恕我们打扰了您的祈祷和真正基督徒的虔诚。"然后,他佯装局外人,向这位"基督徒亲王"吁求:"我联合市民们,还有

十分尊崇、敬爱您的朋友,并在他们热心鼓动下,以这一正当理
由,前来劝说阁下。"经过一番设计好的"不停说'不',实则接受"
的假意推脱,理查和白金汉合演的双簧大戏圆满成功:

格罗斯特　　　白金汉老兄,诸位圣人、贤士,既然你们不管
　　　　　　　我是否愿意,非要把命运像铠甲一样在我背
　　　　　　　部扣紧,叫我负起这重担,我一定耐心承受负
　　　　　　　担。但假如恶毒的诽谤或面目丑恶的羞辱,伴
　　　　　　　着你们强加的结果一起来,那你们十足的逼
　　　　　　　迫,要为我由此沾染的一切污秽开脱罪恶。因
　　　　　　　为上帝知晓,你们多少也能看出,我对此多么
　　　　　　　无心渴望。

伦敦市长　　　上帝保佑阁下!看得出来,我们会这样说的。

格罗斯特　　　这样说,你们只在据实言明。

白金汉　　　　那我就以这王家尊号向您致敬,英格兰当之
　　　　　　　无愧的国王,理查王万岁!

全体　　　　　阿门!

白金汉　　　　请您明日加冕如何?

格罗斯特　　　如果打算这样,我随你们所愿。

这是对一位"反英雄"多么刻毒的反讽!

格罗斯特公爵加冕"变色""变形"为理查三世,既是理查王
与白金汉公爵共命运的巅峰时刻,也是他们最终同命运的拐点。
白金汉因不肯替理查杀掉两位"塔中王子",瞬间失宠。理查王将

此前"讨好"白金汉时许下的承诺抛到云外。白金汉为求保命，逃离王宫。他试图与里士满合兵一处推翻理查，却兵败被俘。第五幕第一场，索尔斯伯里一处空地，白金汉即将受刑斩首。到了这一刻，理查王连他"说句话"都不肯听。可怜白金汉临死之际，才领悟到玛格丽特这位"女先知"的神力，原来理查对他的每一次"讨好"，都是一次恶狗的撕咬，"一旦咬了你，他的毒牙会叫你伤口溃烂死于非命。"

于是，白金汉向那些因他而"受害遭难的人"发出良心的忏悔和痛楚的自嘲："海斯汀、爱德华的孩子们、格雷和里弗斯、神圣的国王亨利，还有你俊美的儿子爱德华、沃恩，及一切在隐秘、堕落、邪恶的不公之下受害遭难的人，——倘若你们恼怒不满的灵魂能透过云层见到此情此景，哪怕为了复仇，嘲笑我的毁灭吧！"

从剧情一目了然，白金汉之死，为理查王敲响了丧钟。很快，第五幕第三场，莎士比亚便让自嘲毁灭的白金汉的冤魂，在博斯沃思决战前夜，加入到"幽灵们"的行列，并最后一个浮现在理查的噩梦里，用诅咒预先"嘲笑"理查的"毁灭"："在战斗中想一想白金汉，愿你在罪行的惊恐中死去！继续做梦，梦见血腥行为和死亡，/ 灰心，绝望，愿你在绝望中断气！"同时，白金汉的幽灵祈愿里士满"千万不要沮丧，/ 上帝和守护天使帮里士满打仗，/ 叫理查在他骄狂的最高点跌落。"

"幽灵们"瞬间消失，理查王从梦中惊醒。莎士比亚让惊魂未定的理查王预感到自己的"跌落"，安排他此时做了生前最后一次"自画"表演。这不再是他曾几何时誓夺王冠的血腥宣言，而是一篇"复仇要落在理查头上"的预言：

> 理查王　……请怜悯我，耶稣！——等会儿！我只是在做梦。啊，怯懦的良心，你折磨得我好苦！……我颤抖的皮肉惊出恐惧的冷汗。怎么？我怕我自己？……我是一个恶棍。可我说谎了，我不是恶棍。……我良心里长了一千条各式各样的舌头，每条舌头分别透出一个故事，每个故事都要把我当成恶棍来定罪。发假誓，乃最大程度的伪证罪；谋杀，乃最大程度的凶杀罪；所有不同的罪恶，犯下的所有不同程度的罪恶，全都涌到法庭上，一齐高喊"有罪！有罪！"我要绝望了。世上没一个造物爱我。如果我死了，也不会有一个灵魂怜悯我。不，——既然自己从自己身上都找不出怜悯之处，他们为何要怜悯我？好像所有遭我谋杀之人的灵魂都来到我的营帐，每个灵魂都威胁，明天的复仇要落在理查头上。

在此，从基督教救赎灵魂这一角度可以说，理查王的灵魂在博斯沃思战斗打响之前即离开了他的躯体。换言之，在大战来临之前，这个"反英雄"的灵魂已被"有罪！有罪！"的地狱呼喊打败。第五幕第四场，尽管这个"驼背的癞蛤蟆"依然勇猛，"全靠步行奋战"，还能杀死五个假扮里士满的敌人，但终究，战死一匹马，便等于输掉一整个王国。

莎士比亚以戏剧之笔,让舞台上的"驼背理查"用"邪恶"和"罪恶"杀死了自己。

理查王,一个十足的"反英雄"!

四、新视角下的理查三世

近年来,国内莎士比亚研究虽取得不少实绩,却或多或少疏于对英语世界最新研究成果的译介。在此选译"新剑桥"和"皇莎"两版中莎剧《理查三世》之导论(Introduction),以飨读者和研究者。

1."新剑桥"视角下的理查三世

1999 年,剑桥大学出版社推出"新剑桥莎士比亚"(The New Cambridge Shakespeare),简称"新剑桥版",十年后的 2009 年修订,2012 年第五次印刷。其中的《理查三世》,编者佳尼斯·勒尔(Janis Lull)在书前所写的长篇导论,堪称英语世界最新莎研成果之一。

这篇导论开篇直言,"在'第一对开本'的历史剧部分,只有《理查三世》被称为'悲剧'。它把莎士比亚早在《亨利六世》三联剧中开发的一种编年史剧形式, 与一种展示一个主人公命运兴衰的悲剧结构结合起来。像克里斯托弗·马洛大约写于同一时间的《浮士德博士》一样,莎剧关注到一个冥顽不化的灵魂受诅咒下地狱,但莎士比亚也牢牢抓住了决定论这一问题。戏一开场,理查便在独白中说'那我决意见证一个恶棍',而且,该剧把这一模糊不清的叙事发展成一种对决定论的探索, 以及面对历史和悲剧如何适当做出选择。"

这篇导论对《理查三世》中的历史与意义的论述颇具启发性："莎士比亚的早期剧作也为他自己提供了素材资源，特别是《亨利六世(下)》，在这部戏里，理查作为一个大奸人的形象第一次浮出水面。《亨利六世(中)》里的理查还貌似一名勇士，他力图夺走亨利六世的王冠，把他献给自己的父亲约克公爵。尽管理查的敌人提到他畸形的身体，但在这部戏里，他的主要特征是对父亲的忠诚和好战的激愤：'剑啊，保住锋刃；心呀，要始终愤怒；/ 教士们为敌祈祷，贵族们却嗜杀成性。'《亨利六世(下)》里的理查，在忠诚和愤怒之外又多了某种狡猾。他劝说约克公爵打破对和平的承诺，因为他并未在一位'真正合法的统治者'立下这一誓言后，便急于投身下一轮内战。在父亲约克被玛格丽特王后处死之后，理查开始呈现出一种特征，把所有人视为对手。虽然他继续激战、为父报仇，要让哥哥爱德华坐上王位，但他也嘲笑爱德华迷恋女人，尤其迷恋伊丽莎白·格雷。自此，他开始把自己塑造成一个他想成为的怪物：'是的，爱德华对女人会好生相待①。——愿他榨干身子，连骨头带骨髓全部耗尽②，从他腰间再萌生不出希望的树枝，阻止我所渴望的金色时光！'③恰如菲利普·布罗克班克(Philip Brockbank)指出的，当理查'登台第一次运用从父亲那里继承的"独白特权"之时，他立刻开始以

① 此处含性意味，暗指：爱德华一定会在性事上好好对待。
② 榨干身子(wasted)：指染上侵蚀骨头的梅毒。骨髓(marrow)：亦指精液。
③ 腰间(loins)：暗指生殖器官。希望的树枝(hopeful branch)：暗指生养的后代。金色时光(golden time)：暗指王权、王冠。此处显示出，格罗斯特(即未来的理查三世)已开始觊觎王位。

自己的出生,谈及雄心抱负。与其说出生,倒不如说重生,因为
"第一次出生"令他不满':'唉,我在娘胎里便被爱神丢弃。为使
我无法染指她脆弱的法律,她凭着什么贿赂买通易受诱惑的大
自然,把我的胳膊缩得像一棵枯萎的灌木;在我背上鼓起一座
怀恨的山峦,畸形端坐,在那儿嘲笑我的身体。'

　　"正如理查在《理查三世》中所做,他把自己无力去爱,怪在
异常分娩上,——并由此怪罪母亲,——同时,他发明了一种能
让他成为国王的'自我分娩'法:'而我,——像一个迷失在荆棘
丛中的人,一面撕开荆棘,一面被刺所伤,想寻一条出路,却又走
偏方向;不知怎样找一片透气的宽敞地儿,只能辛苦拼命去找出
路,——非要自己遭罪,想夺取英国的王冠。'

　　"理查在这段独白里透露或创造出的性格,与他在该剧开场
独白里显出的性格十分类似,而且,饰演理查的演员们,从 18 世
纪的科利·希伯 (Colley Cibber) 到 20 世纪的劳伦斯·奥利弗
(Laurence Olivier),为制作《理查三世》,都自如地随意从《亨利
六世(下)》借用台词。从《亨利六世(下)》中间开始,一个十足恶
棍的理查出现了, 哪怕在他假意支持约克家族的新国王爱德华
四世时,也要把他耽于自我的奸诈向观众吐露。直到该剧结尾,
理查在伦敦塔杀了亨利王,观众才明白,理查杀亨利,不是为哥
哥,只是为自己:'我没兄弟,跟哪个兄弟都不像。"爱"这个字眼
儿,胡子花白的老者称其神圣,存于彼此相像的人中,与我无关。
我自己独来独往。'"

　　更具启发性的是, 这篇导论还从历史决定论的纬度来分析
角色,无疑对国内的莎研颇多助益:

"莎士比亚历史剧'第一四部曲'描写激烈的国内冲突。剧情从 1422 年兰开斯特王朝亨利五世之死展开,他儿子亨利六世的统治混乱无序,后被约克家族推翻。约克王朝的爱德华四世和理查三世相继掌权。最后,1485 年,里士满伯爵打败理查,成为都铎王朝第一任国王,即亨利七世。

"学者们曾一度深信,莎士比亚及其同时代人大多把兰开斯特家族(其支持者佩戴一朵红玫瑰)与约克家族(白玫瑰)之间的战争,视为因 1399 年非法废黜理查二世遭受的神的惩罚。照此观点,莎剧《理查三世》表达了'都铎神话',这个神话认为,由一条神的诅咒导致的玫瑰战争,最终被亨利·都铎清除。然而,后世批评家们普遍排斥这一观点, 即莎士比亚仅为宣传都铎王朝而写戏;也大多反对这一观念,即都铎王朝关于上帝的意志和玫瑰战争达成了广泛共识。关于莎剧大体倾向于支持,还是意在破坏'都铎——斯图亚特'的政治秩序,这一争论仍在持续。

"女王伊丽莎白一世, 作为推翻理查三世那个人的后裔,势必从人们脑子里早已形成的理查三世是一个邪恶国王的印象中获益。然而,把理查作为一个恶棍来描绘,并非适于都铎王朝。早在理查自己那个时代,这一形象特征即已发展、并逐步形成,后世批评家把它与都铎神话联系起来。拿莎士比亚来说,对理查之恶名最具影响力的传播者是托马斯·莫尔爵士——他虽不与女王伊丽莎白一世同时代,却与女王的父亲亨利八世同时代。莫尔对理查的描述,来自于 15 世纪的一些编年史家,也可能来自那些对理查有印象的在世者的个人回忆;莫尔的描述被 16 世纪编年史家霍尔和霍林斯赫德采用, 且由此成为莎士比亚戏剧的一个重要来源。莫尔凭其对理查统治下生动事件之关注,以及进一步提升这个犯罪的暴君之名声,第一次使理查成为一个适于戏剧表演的角色。

"莫尔是否将理查的统治视为神的惩罚有待商榷,但毫无疑问,莎剧对此有所解释。玛格丽特王后对此有清晰描述,她宣称理查转向攻击自己的家族是正义公道的:'啊,正义、公道、公正安排一切的上帝,我该如何感谢你,这条吃人血肉的恶狗,竟捕食自己母亲的亲生骨肉。'但照玛格丽特所说,凭借理查的谋杀进行复仇,这一罪行是借约克家族对她的家庭采取具体行动,而非替祖先的政治犯罪复仇。玛格丽特在伊丽莎白时代产生的加尔文主义鼓励下,表达出这样一种信念:个人的历史事件取决于上帝,上帝经常以(明显之)邪恶惩罚邪恶。然而,她把理查当成天赐的代理人或'上帝之鞭'的想象,既有限,又有失偏颇,它仅体现理查'那我决意见证一个恶棍'的部分含义。

"正当玛格丽特把理查视为上帝向兰开斯特家族所犯罪行复仇的工具时,理查却把玛格丽特受的痛苦归因于她自己对约克家族犯下的罪行,而且,其他人都表示认同:

格罗斯特　　我高贵的父亲把诅咒加在了你身上,当时,你把纸做的王冠套在他好战的额头,用你的嘲弄引他泪眼成河,然后,你又把在可爱的拉特兰无辜鲜血里浸过的一块布,给了公爵,让擦干泪水。——那之后,他痛苦的灵魂对你发出的诅咒,全降临在你身上。是上帝,不是我们，在不停惩罚你血腥的行为。

伊丽莎白　　上帝如此公正，必为无辜者伸张正义。

海斯汀　　　啊！杀那个孩子，这是闻所未闻最邪恶、最残
　　　　　　忍的行为。

里弗斯　　　它一旦传出去，暴君听了也会流泪。

多赛特　　　无人不预言这事必遭报复。

"在《理查三世》中体现出，莎士比亚把这类诅咒和预言作为戏剧手段，用来表现兰开斯特和约克两大家族间的长久冲突，以及理查与每一个人为敌的特殊冲突。反复祈求天意，也提出了关于历史因果关系的普遍问题，提醒观众可以把人类事件当成可见的上帝的思想，当成永恒的神圣意志的及时体现。该剧提出了历史决定论的问题——在莎士比亚时代，这一问题与宗教问题密不可分——并非作为一个主张，而只作为一个论点的一个方面。

"另一方面由理查自己表现出来，它代表一种世俗的历史理论，即在个体行为、而非神的旨意之中，找出人类事件的动因。理查是一个舞台上的'马基雅维利'（马基雅维利是不择手段之人），同时也是马基雅维利主义强权政治历史观的一个化身。理查乐于向观众吐露自己的意图，随后解释他如何能完成其中哪怕最离谱的事：'那时，我要把沃里克的小女儿娶到手。我杀了她丈夫、她公公，那又如何？那变成她丈夫、她公公，则是补偿这少妇最现成的办法。'

"在向安妮求爱这场戏的结尾，理查再次向观众吹嘘自己的

胜利：'可有女人在这种心境下遭人求爱？可有女人在这种心境下被人赢得？'

"从该剧开场第一句话，理查便好似向安妮求爱似的，凭其睿智、凭其自信、凭其'喧嚣'的性格力量，向观众示好。他这一邪恶、却吸引人的特性，在古典和英国本土戏剧中，都早已有之。在马基雅维利色彩之外，理查与塞内加笔下的'罪犯英雄'和来自中世纪'神秘剧'或宗教连环剧里的暴君希律王，以及道德剧里的角色'罪恶'都有联系。学者们并不赞同塞内加对伊丽莎白时代的戏剧产生了直接影响，但如琼斯所说：'无论暴君以何种方式出现在莎剧中，观众似乎都能通过措辞感受到塞内加的某种存在。'《理查三世》中模式化的修辞确实如此。诚然，伊丽莎白时代的复仇悲剧与塞内加的戏多有妙合之处，正如詹姆斯·劳夫(James Ruoff)所说，包括'复仇主题，幽灵，戏中戏，哑剧，独白，雄辩和夸大其词，关注可怕的暴行，疯狂和自杀'等诸多方面。然而，A.P.罗西特却把莎剧中的理查称为'最没有塞内加之幽默感'的一个角色。理查集邪恶与滑稽于一身的暴君这一思路，可能通过英国本土戏剧进入了莎士比亚的脑子。《圣经》中的希律王作为一个愤怒的暴君(见《马太福音》第二章)为人所知，在中世纪宗教剧里，希律王这个人物深入人心，他那大喊大叫的暴力行为几乎有点可笑。但正是同一时期世俗的道德剧，尤其剧中的主角'罪恶'，给英国舞台带来了一种完全成熟的喜剧邪恶的观念。按罗伯特·魏曼(Robert Weimann)所说，'罪恶'是一个寓言性人物，以诸如'邪恶'和'恶作剧'之名，将'魔法师、医生和傻瓜集于一身'。像理查一样，'罪恶'这个角色在和其他角色交互作用时

操纵他们,同时又在另一层面,与观众互动。为了叫观众高兴,
'罪恶'直接介绍自己和他的计划,有时还会在观众中走动,讨
赏钱。'罪恶'角色因双关语、与观众的亲和力,以及一种在道德
剧结尾宣布无效的破坏性能量著称,'罪恶' 常在剧尾被逐进
'地狱'。

　　"道德剧'罪恶'之混合传统预示着悲剧和喜剧的大胆组合,
这一组合以莎剧《理查三世》为标志。当理查告诉观众他'决意见
证一个恶棍'时,他是在以一句玩笑概述该剧的悲剧观念。他的
初衷在于要掌控自己的命运。这一语双关还有其第二层自相矛
盾之意,——他的邪恶乃天意注定,——该剧牢固的天命论最终
认可了这层含义。然而,尽管有像玛格丽特这样的角色,她坚持
上帝站在她们一边,但在《理查三世》这部作品里,神的决定似乎
并非指人类历史上精密安排每个事件的'特殊天意'。上帝不一
定设计,甚或注意到每只麻雀的死亡。例如,伊丽莎白王后抱怨
神对她儿子们的死漠不关心:'啊,上帝!你竟飞离如此温顺的羔
羊,把他们投进狼的内脏?你什么时候睡的,在你安睡时出了这
样的事?'玛格丽特立刻回应,以前发生过这种不公:'在神圣的
哈里和我亲爱的儿子死的时候。'《理查三世》的天意堪称对人类
救赎与诅咒的宏大设计。在这种情形下,《理查三世》中上帝的意
志不由一方或另一方的胜利来显示,而只由人的灵魂来体现。在
这个意义上,理查是一个悲剧英雄,要凭一己之力对抗天地万物
的意志,'化全世界为乌有'。"

2."皇莎"视角下的理查三世

当代莎学家乔纳森·贝特(Jonathan Bate)为其所编"皇家莎

士比亚剧团"《莎士比亚全集》(简称"皇莎版")之《理查三世》写的那篇学术导言,虽不长,却也堪称英语世界对理查形象的最新阐释之一,不无精彩之笔:

"莎士比亚的第一组历史剧以邪恶的理查王兵败博斯沃思原野结尾,和谐随之而来。胜利的里士满伯爵(属于兰开斯特家族的亨利),迎娶约克家族的伊丽莎白公主为妻,使两大贵族合而为一,终结了玫瑰战争。在《理查三世》落幕那场戏,斯坦利勋爵(即德比伯爵)将王冠戴在里士满头上,使其成为亨利七世国王,即都铎王朝的开创者。该剧以亨利的一篇演说结束,他在演说中回首往日之内乱,这不仅是该剧、同时也是《亨利六世》'三联剧'的主题:期盼黄金时代的到来;而同理查的王后同名的伊丽莎白女王乐得相信,这正是她统治下的黄金时代。听到这些台词,莎剧的观众们也会感同身受地回首过往、期盼未来:回首国家历史上一段血腥时期,为天助都铎王朝终结这段血腥松一口气;明知眼下女王年迈,难以顺势而行,前景不定。

"史学家们仍在辩论这一问题,理查三世的罪恶真相是怎样的,尤其,是否他亲自下令杀了'塔中王子'。但毫无疑问,都铎王朝为把他的对手、未来的亨利七世变成一个英雄、一个圣徒,顺手将他描绘成一个恶棍。托马斯·莫尔爵士凭其在亨利七世之子亨利八世当朝时写下的《理查三世的历史》,在这一过程中起了主要作用。莎士比亚完成了这项工作,他在亨利八世小女儿统治下的公共剧院,终使理查这一惯耍阴谋的驼背形象得以不朽。英国人有一点早已臭名远扬,他们从弥尔顿那里得神学,从莎士比亚那里得历史,而非从正统来源获取。'决意见证一个恶棍',理查这一形象的持久性足以证明，戏剧的力量比纸面的历史更令人难忘。《理查三世》是那些人人耳熟能详的莎士比亚核心戏剧之一，哪怕他们从未读过。该剧两个电影版本之成功——先是劳伦斯·奥利弗爵士一版，后是伊恩·麦克莱恩爵士（Sir Ian Mck-ellen）令人炫目的把剧情背景升级为 20 世纪 30 年代法西斯主义的一版——证明了它持久的生命力。

"如同在《亨利六世》中一样，语言表达能力屡次提升，且修辞技巧高超。正式的语言与事件中一种对称感之结合——行动引发反应，血腥暴力导致复仇，恰如命运车轮之转动，一次滑升之后，一场崩坍随之而来——将该剧放到了罗马悲剧家塞内加的传统中。塞内加对莎士比亚之影响或有两种：一种直接，源自十六世纪八十年代出版的塞内加戏剧的英译本；一种间接，源自一部名为《官长的借镜》，以历史受害者的口吻写成，讲述不幸与邪恶的塞内加式的'诉苦'诗集，这些受害者包括理查王的哥哥克拉伦斯公爵乔治，以及爱德华四世的情妇简·绍尔夫人。

"塞内加式戏剧的对称性，在表现玛格丽特王后这一角色上达到极致，她是亨利六世的遗孀，在整个贯穿玫瑰战争的几部戏里，有一种如此强大的力量。第一幕第三场，她正式向里弗斯、多赛特、海斯汀、白金汉和理查本人发出诅咒。她的所有诅咒逐一实现，而且，每个角色都在临死前意识到了这诅咒的灵验。塞内加式悲剧惯以一个来自冥界的幽灵开篇，要求向谋杀自己的凶手复仇。莎士比亚做出一种典雅的改变，他让幽灵们在戏剧高潮出现，让他们在即将导致理查王垮台的决战前夜，来到理查的营帐嘲弄他。

  "在《亨利六世》三联剧中,几乎每个人都被卷入一个历史的漩涡无法自控,与之相反,理查试图掌控住自己和国家的命运。毫无疑问,随着理查·伯比奇在戏剧圈成为莎士比亚最贴心的朋友,莎士比亚特意为他写下这个角色。《亨利六世》三联剧明显属于'合奏曲',莎士比亚要写一小组'明星戏',《理查三世》是这组戏的头一部,在这部戏里,主角演员的台词量是其他任何一个角色的三倍。这部戏造就了作者与明星,两者兼有。有一则戏剧传闻,说他俩是一个狂热莎剧戏迷之妻床头的竞争者:伯比奇是"理查三世";莎士比亚是"征服者威廉"①。这两个绰号倒不失一个好见证。

  "让主角演员成为其自身脚本的表面作者,似乎是莎士比亚和伯比奇两人合玩的把戏。理查一开场独白,便把观众作为知己,与观众分享他将适用的角色,以及打算付诸行动的戏剧情节,或可称之'一个并不讨人喜爱的聪明人计划登上王位,任何人——哪怕一个无辜的孩子——也休想阻拦。'他是位使眼色、说旁白的大师,为自己能扮演旧的传统道德剧里的'邪恶'和'罪恶'角色欣喜不已。观众之所以欣赏他的表演,正因为他们知道这是一场表演。

  "大师演员需要一个直肠子做帮手。对于理查,这一帮手角色由白金汉扮演,他协助理查自导自演了一场戏,将理查在市长大人和伦敦市民面前的公众形象展示出来。在这个系列剧的早

---

  ① 传闻理查·伯比奇(Richard Burbage)在演过《理查三世》之后,与那位戏迷之妻幽会时自称"理查三世"(Richard the Third),而威廉·莎士比亚(William Shakespeare)捷足先登与这位女士幽会,并自称"征服者威廉"(William the Conqueror)。

期戏里,亨利六世的祈祷书是他不想当国王的一个标志,而理查的祈祷书则是他假装不想称王的一个标志,并凭此让伦敦人求他出任国王。他假装不情愿地说:'你们非要逼我肩负天大的责任？'——紧接着又悄然低语'喊他们回来',以确保这一提议重新提出后便于接受。整个过程,他都像平时一样,是个完美的演员。

"对于理查有两个关键转折点:一个,他设法除掉了得力助手白金汉,没了配角,喜剧演员开始陷入困境;另一个,出现在十分漫长的第四幕第四场,几个悲悼中的女人像古希腊戏剧中的合唱队一样,携起手来,对抗理查。理查对安妮夫人出色的引诱,曾展示出他精于言辞,可眼下,他的口舌之能遇到玛格丽特和伊丽莎白两位王后的合力挑战。假定《理查三世》的写作有个创新是,为一种巨大的戏剧化个性,把'合奏曲'的史剧变成'明星戏',另一个创新则是,把传统的阳刚形式女性化。女人在莎士比亚早期戏,以及其他作者的那些历史剧、甚至马洛(克里斯托弗·马洛)的悲剧里,都是些无关紧要的小角色。而在这部戏里,饰演伊丽莎白、玛格丽特和安妮的男演员们,戏分儿更足。撇开剧中饰演理查、白金汉和克拉伦斯这三位主演,'她们'那丰富的变化词尾之修辞在所有成年同行之上。具有象征意义的是,假定理查声言其贪求权力之因,乃缺乏情爱艺术之果,那让他遇到女人和男孩们的挑战倒是合适的。

"正是理查戏剧化的自我意识终使这部戏高于《亨利六世》三联剧。在《亨利六世(上)》,塔尔伯特是位英雄好汉,少女琼安(圣女贞德)则是一个有趣的、半喜剧性的反面人物;在《亨利六世(中)》,有出色的戏剧活力(玛格丽特王后乱砍乱杀)及其多样性(杰克·凯德和心怀不满的民众的呼喊);在《亨利六世(下)》,约克被刺死之前,有人给他戴上一顶纸王冠加以嘲弄,此时我们见证了充满戏剧化的一场戏。但直到格罗斯特的理查进入状态,我们才能遇见一位人物带有福斯塔夫或伊阿古那样引人注目的戏剧化风度。在《亨利六世(下)》第三幕(第二场),理查在其第一段长篇独白的高潮处,——《理查三世》中经常导入独白这一戏剧传统——宣称自己要'扮演'演说家,'比变色龙更会变色,变形比普罗透斯更占上风。'。每个形象都凭其有说服力的口才和自我转化的能力,成为演员的艺术。"

"理查补充说,他'还能给凶残的马基雅维利教点儿东西。'克里斯托弗·马洛在其黑色闹剧《马耳他的犹太人》(*The Jaw of Malta*)中,引入文艺复兴时期政治权谋家之原型马基雅维利(Machiavelli)的代表说开场白。随着剧情说明人下场,犹太人巴拉巴斯(Barabas)登场,说开场独白。如此一来,观众便把巴拉巴斯和一个马基雅维利式的阴谋家画了等号。莎士比亚在《理查三世》中运用这一手段,大胆推进一步。他省掉剧情说明人那段开场白,而以理查的精彩独白开启剧情:'现在,令我们不满的冬天。'马洛凭一种指向性的结构设计,让巴拉巴斯在剧中扮演马基雅维利的角色,莎士比亚则让理查在剧中自导自演。他宣称,既然驼背使其不能扮演一个舞台上的情人,他将自觉地去适应舞台上的恶棍。可他随后便在第二场显示出,他其实能扮演情人——安妮夫人明知他是害死自己第一任丈夫的凶手,他却能在安妮公公的尸体旁向她求爱,并大功告成。如所承诺的那样,他把演说家的效力发挥到极致。在第三幕(第七场),他像普罗透斯似的改变形象,如我们所见,以一副圣人的容颜出现在两位主教中间。凭着演说家说反话的手段,——以'我不能,而且不愿听从你们'来接受王位——他赢得了伦敦市长和市民们的支持。

"莎剧中的理查三世对马洛式的'反英雄'形象有所改进。马洛戏中的帖木儿大帝(Tamburlaine)、巴拉巴斯和浮士德博士(Dr. Faustus),都通过扮演角色——上帝之鞭、权谋家、巫师——塑造自己的身份。他们无法停下来去想,这类角色恰恰是站不住脚的戏剧模仿。假如他们停下,那整个马洛式的纸牌屋便会应声倒塌。但莎士比亚起点不一样,他自己就是演员,这是马洛打不出来的一张王牌。理查是典型的莎剧人物,在剧场里极具魅力,因为他知道自己是个角色扮演者。他陶醉于演戏,并令观众着迷。他第一次完全体现出莎剧中迷人的戏剧形象,这一形象在麦克白的'可怜的演员'和普洛斯彼罗的'我们这些演员'那里达到顶点。伊阿古在《奥赛罗》中说'我并不是真实的我。'这话理查也可以说。"

"理查只在梦中停止表演,其身份随梦之发生而倒塌。既然他通过表演假造身份,便自当否认在表演之前,先有一个本我存在的可能性。他受不了'我是''我不是'这类说辞,因为他不断回到特定的角色('恶棍')和行动(谋杀)上。一个人在真实自我本该认定之际,比如在临终忏悔时,却发现他的自我崩溃了。这是一个演员兼戏剧家看待人之本性的方式。在最后一战的前夜,浮现在理查梦境里的幽灵们使他意识到,行动势必带来后果:谋杀将把他带上'法庭',他将被裁决为'有罪'。剧尾这一对罪行的强调，是实用主义的莎士比亚替亵渎宗教和道德正统的马洛纠偏。理查获得了世俗的王冠，却被里士满的亨利打败，亨利在博斯沃思原野之战的前夜，向基督教的上帝虔诚祷告：'啊，上帝，我把自己当成你的战将，请以充满恩典的目光俯视我的军队。'一个贪心不足者的垮台，就这样造就了神助天算历史之下的都铎神话，这一神话将约克和兰开斯特两个家族合二为一，建立起统一的王朝，随后带来宗教改革，带来国家的帝国荣耀之雄心。"